中野幸一

深掘り！紫式部と源氏物語

勉誠出版

はじめに

紫式部という名は、日本古典文学の大作『源氏物語』の作者として誰もが知っていますが、それでは彼女がいつ生まれていつ死んだのか、その生涯はどういうものであったのか、どんな性格で、どのような考えを持っていた人であったのか、などという具体的なことになると、残念ながらほとんど分かっていません。

しかし、日本人として、一九六五年のユネスコ世界偉人暦に初めて選ばれた、日本の誇る『源氏物語』の作者紫式部について、分からないということで済ませてしまっては、長い間『源氏物語』に関わって来た者にとって、いかにも残念ですし、また無責任のような気もします。

本書は、このような気持ちから、及ばずながら紫式部について、出来るだけ具体的な人間像を求めて、いろいろと考えてみたいと思います。

幸いにも彼女には、結婚以前の和歌を含む一一四首ほどを収録した家集『紫式部集』がありますし、また寛弘五年七月頃から七年正月までの僅か一年半ほどの日記ではありますが、『紫式部日記』が残されており、そこには敦成《あつひら》親王（後の後一条帝）の誕生に関する詳細な記録とともに、彼女の宮仕え生活や、その間の複雑な思いも語られています。そして何よりも五十四帖の大作『源氏物語』も現存しています。

このことは、考えてみると、他の平安朝の才媛たち、例えば清少納言や和泉式部や赤染衛門などと比べても、資料の点で恵まれているといってもよいでしょう。

本書は、これらの家集、日記、物語などを中心に、系図や当時の記録類、交友関係や周囲の人々との交流などを参考にして、紫式部の生涯と人間像を、可能な限り具体的に把握しようと試みました。また、後半では『源氏物語』を読むに当たって問題となるべき事項について論じた十篇の論稿を収載しました。

本書が少しでも今まで不明とされている部分の解明に役立ち、血肉の通った人間紫式部の生涯と、『源氏物語』の真価に迫ることができれば、筆者としてこれに過ぎる喜びはありません。

令和五年春

中野幸一

[目次]

第1部 深掘り！紫式部

第2部

深掘り！源氏物語

第1部

深掘り!

紫式部

［1］……従来の紫式部像

『源氏物語』の作者として名高い紫式部という女性は、どのような人であったのでしょうか。誰もが知っている名前であるだけに、親近感もあって、何となく分かっているようですが、改めて問われてみると、すぐには答えにくいのではないでしょうか。

しかし、多くの人は、あれほどの物語を作った人だから、当然教養も豊かで、学識多才、清少納言ほどの派手さはないけれど、地味でつつましやかで、内省的な性格の、良妻賢母型の賢夫人、というような人物像を想像することでしょう。このような多くの人が思い描く式部の人物像は、どこから得られたものでしょうか。

実は、これには次の一書が少なからずその因となっていると考えられます。

それは、江戸時代の国学者安藤為章《あんどうためあきら》が著した『紫家七論《しかしちろん》』（『紫女七論』とも）という、紫式部について論じた書物です。

成立は元禄十六年（一七〇三）重陽《ちょうよう》の月で、内容は、主に『紫式部日記』や『源氏物語』から論拠をあげて、「七論」すなわち「才徳兼備《さいとくけんび》」「七事共具《しちじきょうぐ》」「修撰年序《しゅうせんねんじょ》」「文章無双《ぶんしょうむそう》」「作者本意《さくしゃほい》」

「一部大事《いちぶだいじ》」「正伝説誤《せいでんせつご》」の七章に分けて論じており、江戸時代を通じて唯一のまとまった紫式部論と言ってよいでしょう。

第一の「才徳兼備」は、まず、

つらつら物語と紫日記とをよみて、その気象をはかり、其事実を考るに、大和には似る人もなき才徳兼備の賢婦也

と記して、『源氏物語』中の女性たちを例証として、

むらさきのうへのらうらうしくおほどかなるものから、おもりかにして用意深く、あかしの上のこころたかきものから、へりくだり、花ちる里の物ねたみせず、藤つぼの后のあやまちをくいてはやく入道したまへる、あさがほの院の、ふかく名をしみたまへる、玉かつらのうへの、さまよく人々の懸想をのがれたる、総角の君の父宮の遺誡を守りたる、

などとさまざまな「婦徳」をあげ、更に、「品さだめにあだなるをしりぞけて実なるをすすめ、しばしば警戒をしるしたる」は、「式部が心おきて」であり、それを昔物語に書きなして、自ら

の賢し立てを現わさないのがよい、と論じています。また『紫式部日記』からも諸々を引用し、殊に初宮仕《はつみやづか》え当初、周囲の妬みを避けるために自らを韜晦《とうかい》していたことをあげ、その式部の人柄の物和らかさ、緩やかさ、謙虚さなどを称賛し、更に「女郎花《おみなえし》」の贈答や「水鶏《くいな》」の歌に見られる道長の懸想も、「さまよくのがれたる趣を見るべし」として、その婦徳を称えています。

このような式部の婦徳論は、この第一の「才色兼備」がもっとも多くの紙幅を割いていますが、『源氏物語』の女性たちの称えられるべき性格や生きざまを、そのまま作者の婦徳に結びつけていることに、疑問があることは自明でしょう。

第二の「七事共具」は、式部が学者の家柄に生まれたこと、聡明で神童のようであったこと、箏の楽才に長じていたこと、広く宮中の歳事行事を見聞していたこと、時代も文質を兼ねた世に生まれたこと、名所旧跡を歴遊していること、中流階級の生まれであること、などの七項をあげ、式部の作家としての資質が備わっていることを論じています。

第三の「修撰年序」は、『源氏物語』の成立年時を『紫式部日記』の記述から考証したもので、『河海抄《かかいしょう》』の説に賛意を表し、「長保の末寛弘のはじめ、式部やもめずみにて里にはべりけるつれづれに作りたる歟《か》」とし、「物語は式部三十歳前後にて作れるなるべし」と推定しており、これは現代にもなお一部に承け継がれている説です。

第四の「文章無双」は、その文章の特徴について、

物語のうち、和歌ならびに詞ともに、万葉古今伊勢物語うつほ竹とりなどの古躰をはなれて、物やはらかにおほどかにやすらかにやさしく、おほよそ吾国の風流を尽したれば、見る人をして倦事をしらざしむ、まことにやまとふみの上なき物也。

と最高に称揚しています。

第五の「作者本意」は、『源氏物語』の本意を論じたもので、

此物語もっぱら人情世想を書て、かみ中下の風儀用意をしめし、事を好色に寄て美刺を詞にあらはさず、見る人をしてよしを定めしむ。大旨は婦人の為に調諫とすといへども、をのづからをのこのいましめとなる事おほし。

と言って、その例をあげています。

第六の「一部大事」には、『源氏物語』に見える藤壺《ふじつぼ》や女三の宮の重大な過失をあげ、それらの描き方は、

末の世にも女御更衣のうちに心ばせおもからぬうちまじりて、帝系のまぎれもいできぬべし
　やと遠くおもむばかりし諷諭

であるとし、

　式部は女なれどもその性質の美と学問のちからとうちあひて、識見をのづから大儒の意にひ
　としと云べし

と称えています。

第七の「正伝説誤」は、『源氏物語』の為時《ためとき》作者説や道長加筆説を否定し、さらに『宝物集《ほうもつしゅう》』に見える紫式部の堕地獄《だじごく》説など、式部に関する後代の伝承を全て否定しています。

以上のような『紫家七論』は、『源氏物語』や『紫式部日記』その他の資料をもとに、当時としては珍らしい実証的研究の先駆として、現在でも高い評価を与えられています。

著者の安藤為章は、水戸光圀《みつくに》に仕え、光圀の『万葉集』註釈などを担当した水戸藩の国学者ですが、水戸学派に限らず、やはり当時の儒教的な思考、観点は濃厚で、折角の実証的な紫式部論も、ひたすら良妻賢母型の式部像を導き出すための例証や、儒教的な理解が多いことは否定でき

ません。

このような紫式部の婦徳論が、実は江戸時代はもとより、明治・大正・昭和・平成・令和と疑うことなく承け継がれ、それが今日なおほとんどの人々が想像する、紫式部は良妻賢母型の才媛とする人間像を形成しているのではないかと思われます。

しかし、『源氏物語』や『紫式部日記』など、式部の遺した作品からは、もっと複雑で深遠な思考や精神構造をもつ作者像が浮かび上って来るのではないでしょうか。

以下、為章の「婦徳論」にあまり捉われず、式部の人間像をできるだけ具体的に考えてみましょう。

〔2〕……学才に対する自負

『紫式部日記』に次のような記事があります。

この式部の丞といふ人の、童にて書《ふみ》読みはべりし時、聞きならひつつ、かの人は遅う読み取り、忘るるところをも、あやしきまでぞさとくはべりしかば、書《ふみ》に心入れたる親は、「口惜しう、男子《をのこご》にて持たらぬこそ幸ひなかりけれ」とぞ、つねに嘆かれはべりし。

式部が幼少の時、父の為時が長男惟規《のぶのり》に漢籍を教えていたところ、傍らで聞いていた式部の方が早く覚えてしまうほどに利発であったので、父の為時は、この子が男子であったらと、いつも慨嘆していたという有名な逸話ですが、受け取りようによっては、学者の家の後継として大切な長男を相対的に落しめています。このような自慢話を、自己の日記の中に堂々と書き付けて憚らない紫式部という人は、学問に対する自負の相当に強い女性であったと思われます。

しかもここで看過できないのは、学者の父が幼少の時から式部を男と対等もしくはそれ以上に評価し、それを口に出していたということです。このことはおのずから式部の知的な面での自信を過剰なまでに醸成したものと思われます。幼少時から培われた式部の知的な自信を秘めた性格は、後年の宮仕えの場における対男性意識や、知的女房に対する強い批判精神にも連なるものでしょう。

このような式部の学問的自負は、この他にも日記の中に散見されます。

宮の御前《おまへ》にて、文集《もんじふ》の所々読ませたまひなどして、さまざまなこと知らしめさまほしげにおぼいたりしかば、いと忍びて、人のさぶらはぬもののひまに、一昨年《をととし》の夏ごろより、楽府《がふ》といふ書《ふみ》二巻ぞ、しどけなながら教へたてきこえさせてはべる、隠しはべり。宮も忍びさせたまひしかど、殿もうちもけしきを知らせたまひて、御書《ふみ》どもをめでたう書かせたまひてぞ、殿はたてまつらせたまふ。まことにかう読ませたまひなどすると、はたかのものいひの内侍はえ聞かざるべし。知りたらば、いかにそしりはべらむものと、すべて世の中ことわざしげく憂きものにはべりけり。

これも周知の段で、式部が中宮のために『楽府』二巻を進講したことについて記したもの。この楽府進講のきっかけは、中宮に『文集』の所々を読んでさしあげたところ、中宮がもっとお知りになりたいと思われたので、と日記にあるように、ごく私的に中宮の希望で始められたものです。『文集』はもちろん唐の白楽天《はくらくてん》の『白氏文集』のことですが、その中から中宮へご進講申しあげるために選ばれたテキストが、「長恨歌」や「琵琶行《びわこう》」のような浪漫的な感傷詩ではなく、諷諭詩《ふうゆし》といわれる社会思想的な「楽府」であったということは、注目に値します。日記に「楽府二巻」とあるのは、『白氏文集』中の巻三・巻四に収められた「新楽府」のことで、「新豊折臂翁《しんぽうのせっぴおう》」「縛戎人《ばくじゅうじん》」「上陽白髪人《じょうようのはくはつじん》」「売炭翁《ばいたんおう》」「繚綾《りょうりょう》」「陵園妾《りょうえんのしょう》」等々、政治の矛盾、為政者への批判、貧民の困窮などを歌った詩が収載されている巻々です。当代の最高権力者摂政左大臣道長を父に持つ彰子中宮にとっては、耳を覆いたくなるような教材ですが、それをあえて中宮にご進講申し上げようとする式部の意図は、年若い彰子中宮の更なる后妃教育に他なりません。やがては国母ともなられる彰子が、民衆の実状をよく理解し、臣下の意見にも耳を傾けるような博愛の心深い理想的な皇后になってほしいという式部の願いと期待が、このテキスト選びにはこめられているものと思われます。

この楽府進講は、「一昨年《をととし》の夏より」とあるので、かなり長い間秘かに続けられていましたが、やがて道長や一条帝の知るところとなり、道長は新しく楽府を能書家に書かせたりして協力しています。このことは、あの小うるさい左衛門の内侍《ないし》にはまだ知られていないらしいですが、もし彼女が知ったらどんな悪口を言うだろうかと、式部は宮仕えの煩わしさを嘆いています。ここで式部が気にしている左衛門の内侍は、内裏女房の掌侍《ないしのじょう》橘隆子で、藤原理明《まさあきら》の妻となり元範《もとのり》を生んだ女性といわれています。もしそうならば、理明は式部の母の兄ですから、式部にとって左衛門の内侍は母方の伯父の妻、つまり義理の伯母ということになり、いささか煙たい存在であったかも知れません。帝付きの女房で、やはり才学には自信がある女房であったのでしょう。

内裏《うち》のうへの、源氏の物語人に読ませたまひつつ聞こしめしけるに、「この人は日本紀をこそ読みたるべけれ。まことに才《ざえ》あるべし」とのたまはせけるを、ふと推しはかりに「いみじう才《ざえ》がある」と殿上人などにいひ散らして、日本紀の御局《みつぼね》とぞつけたりける。いとをかしくぞはべる。

ある時、一条帝が、『源氏物語』を人に読ませてお聞きになり、この物語の作者は歴史書を読んでいるようだ、学識があるらしい、と感想を洩らされたのを聞いた左衛門の内侍が、式部に「日本紀《にほんぎ》の御局《みつぼね》」という仇名を付けたといっています。帝付きの女房として才学を自負していた左衛門の内侍にとっては、中宮付きの式部が帝に学識をほめられたとあっては、見過ごしに出来なかったことでしょう。ましてや義理の姪に当る後進の女房です。「日本紀の御局」は、左衛門の内侍がジェラシーを精一杯盛りこんだ仇名でしょう。式部はこのことを「いとをかしくはべる」と軽くいなして相手を見下している態度です。しかもこのような逸話を日記に書き置くこと自体、これ又自己の才能を自負した行為と見るべきでしょう。

〔3〕……家系と家庭環境

順序として、まず、紫式部の家系と家族などの家庭環境を見ていきましょう。

（1）家系

紫式部の家系は、掲出の系図に見られるように、父方も母方も、藤原北家の本流閑院《かんいん》左大臣冬《ふゆ》嗣《つぐ》の流れですが、父方はその中の良門《よしかど》流、母方は長良《ながら》流で、同じ冬嗣門流の良房《よしふさ》の系統が、基経・忠平・師輔・兼家と、代々摂関家を継承していくのに対して、政権とは離れた系統でありました。それでも、父方の曾祖父兼輔《かねすけ》や、母方の曾祖父文範《ふみのり》は、いずれも上達部《かんだちめ》（三位以上の公卿）に列していますが、父方も母方も、祖父の代から国司（地方官）を歴任して、四・五位程度にとどまっており、式部の時代には、もはや受領《ずりょう》階級としてすっかり定着した家格となっていました。

ところで系図を見る場合、もう一つの観点があります。それは、通常の系図が主として男性中心であるのに対して、女性関係を見てゆく視点です。

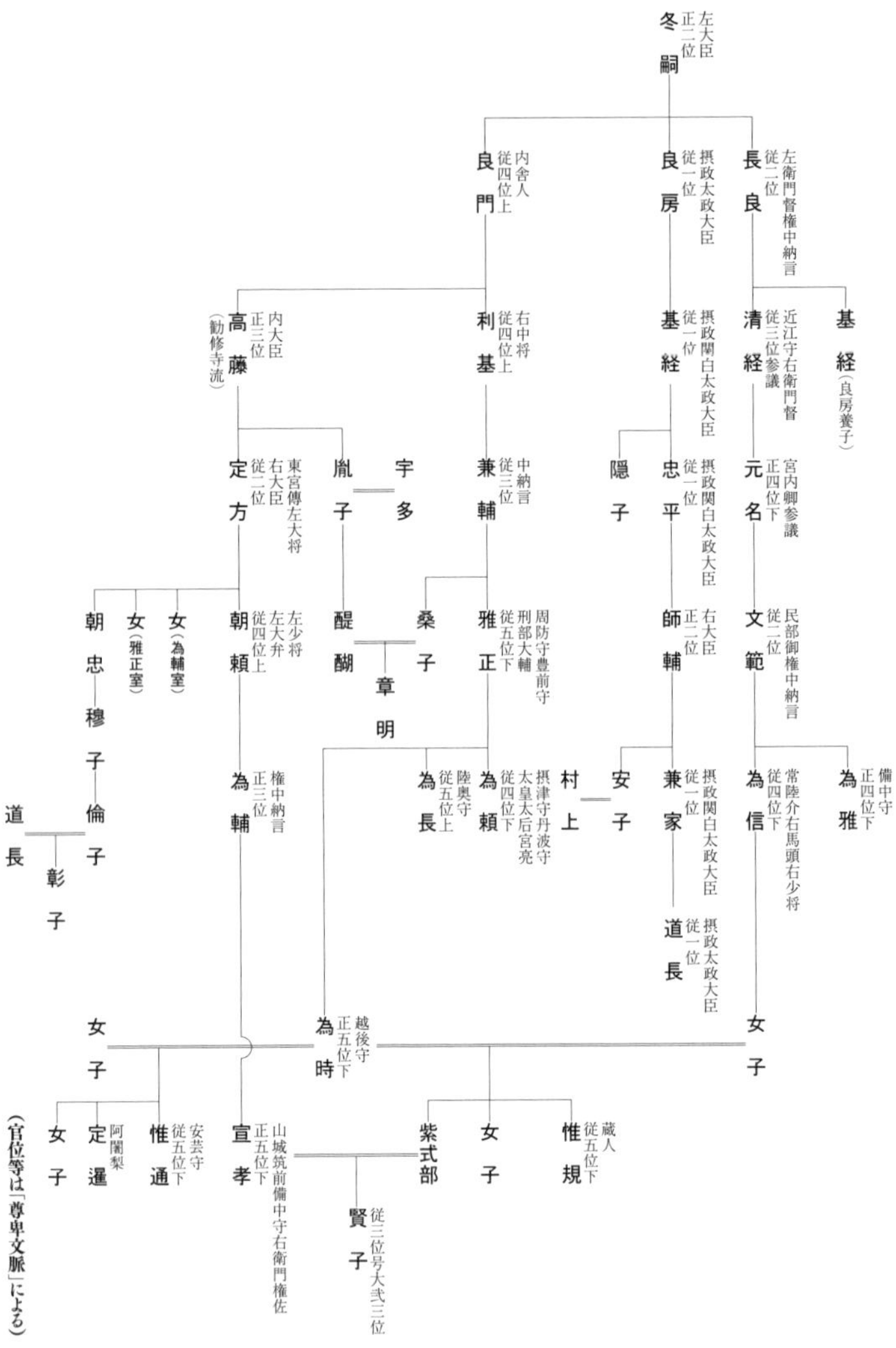

(官位等は「尊卑文脈」による)

その面から式部の系譜を見ますと、祖父雅正、曾祖父兼輔は、いずれも内大臣高藤を祖とする勧修寺《かんしゅうじ》流の定方《さだかた》の女子を室に迎えていて、勧修寺家とは深い関係にあることが知られます。また式部の彰子中宮への宮仕えを取りもったであろう道長夫人倫子も勧修寺流であり、式部の夫宣孝も勧修寺高藤の四代の後裔です。このように見てくると、式部の宮仕えも結婚も、勧修寺流とは浅からぬ関係があることは看過できません。

そのような家系の中にあって、曾祖父の堤中納言兼輔が、三十六歌仙の一人に数えられるほどの有名歌人であったのをはじめ、祖父の雅正・為信、伯父の為頼・為長なども、勅撰集に和歌を採られており、歌集もあって、一族に歌人として知られている人々が多いことは、文芸的な血筋の面で看過できないことでしょう。

（2）父為時

式部の父為時は、『後拾遺集』に三首、『新古今集』に一首の歌を残していますが、むしろ詩人として名高く、文章生《もんじょうしょう》出身で、『江談抄《ごうだんしょう》』によれば、文章博士菅原文時門下の逸材として当代有数の文人でした。その詩作は『本朝麗藻《ほんちょうれいそう》』に十三首、『類聚句題抄』に五首、『新撰朗詠集』『江談抄』に各一首が収載されています。

為時の官歴は、『類聚符宣抄《るいしゅふせんしょう》』の安和六年（九六八）十一月十七日付の任符に、「播磨権少掾《はりまのごんのしょうじょう》藤原為時」と見えるのが初出ですが、権少掾は文章生の学問料として賜わる遥任《ようにん》の官ですから、その時彼が播磨に赴任したかどうかは定かでありません。その後、円融天皇の貞元二年（九七七）三月には、閑院での東宮（後の花山天皇）の読書始《ふみはじめ》の儀に副侍読《じどく》を勤めたことが知られますが、当時はまだ文章生でした。

その七年後の永観二年（九八四）十月、花山天皇が即位されると、為時は式部丞に任ぜられ蔵人に補されました（『小右記』）。翌年寛和元年の春には関白右大臣道兼の粟田邸の残菊《ざんぎく》の宴に招かれて、関白となった道兼を祝った歌を詠んでいます（『後拾遺集』三下）。

やがて寛和二年（九八六）二月、為時は式部大丞に進みました（『小右記』）。この春、中務宮具平《なかつかさのみやともひら》親王邸の桃花閣《とうかかく》の詩宴に招かれ、藤原惟成《これなり》、菅原資忠《すけただ》、慶滋保胤《よししげのやすたね》などの文人に伍して詩を賦していますが、この時を後に回顧して詠じた彼の詩序の一句に、自らを「藩邸之旧僕」と称しています。この表現は詩句特有の誇張もあるでしょうが、さして親しくない者が用いる表現ではないでしょうから、この頃中務宮家とはかなり昵懇《じっこん》の間柄であったと考えてよいでしょう。このことは、後述するように、紫式部の初宮仕えの経験を考える上でも看過できないことと思われます。この頃の為時の年齢はおそらく四十歳ぐらいと考えられ、遅咲きではありますが文人の官途としての式部大丞は、さして不満なものではなかったと見てよいでしょう。

ところが寛和二年（九八六）六月、突然花山天皇が退位出家されるという政変が起きますと、為時も式部大丞の官を解かれ、以後一条天皇の長徳二年（九九六）正月に越前守となるまでの十年もの間散位でした。

この為時の越前守任官については、『続本朝往生伝』『今昔物語集』『古事談』『十訓抄《じっきんしょう》』などに、その詩才を讃える逸話が伝えられています。

それによれば、正月の除目で下国の淡路守に任ぜられた為時が、傷心を詩に託して上申したところ、その詩中の「苦学の寒夜、紅涙巾に盈す、除目の春朝、蒼天眼にあり」の句に一条天皇がいたく感動され、その叡慮を体した道長が、すでに越前守に内定していた乳母子の源国盛に代えて為時をこれに任じたといわれています。為時の詩才を讃えた詩徳説話ですが、一方で当時の受領の激しい任官争いや情実が垣間見られて興味深いものがあります。

長徳二年（九九六）正月の除目で越前守となった為時は、その夏、一家を引き連れて出立し、越前の国府（現在の福井県武生市）の国守の館に落ち着きました。その間の旅中の歌は『紫式部集』に十首ほど収載されています。

越前国は大国で、かなりの収益を保証されていたと見られますが、何分にも北国ですから雪は深く、家族にとっての冬の生活は予想外の厳しいものがあったことでしょう。しかし文人為時にとっては一つ大きな楽しみもありました。それは国内に敦賀の港があることで、ここには宋人が毎年のように来ていて、為時は羌世昌という才人と知り合い、詩を作り交わしています（『本朝麗藻』）。

長保三年（一〇〇一）春、越前守の任を終えて帰京した為時は、その後寛弘五年（一〇〇八）三月、蔵人左少弁《くろうどさしょうべん》に任じられるまで、再び長い散位生活を送ることになります。しかしこの間、文人として貴顕の邸宅に出入りし、歌会や詩会に陪席して、和歌や詩文を残しています。

すなわち、長保三年十月七日に東三条院四十の賀に屏風歌を献じたり（『権記』）、長保五年五月十五日の道長邸の法華三十講結願の夜の歌合には、曾根好忠《そねのよしただ》、大中臣輔親、藤原長能《ながよし》、大江嘉言《よしこと》、源為憲《ためのり》等の当代一流の文人とともに招かれ、「惜夏夜月」「水辺松」の題で各一首を詠じています（『御堂七番歌合』）。また寛弘三年三月四日左大臣道長邸での花の宴には、一条天皇行幸のもと詩会が催されましたが、為時も陪席を許されて詩を献じていますし、翌年道長の長男頼通の邸の詩会にも招かれて詩を賦しています。もちろん以前から恩顧を蒙っていた中務宮具平親王家へも頻繁に出入りしていたと思われますが、何よりもこの頃時の施政者である道長に近付きを得たことは、為時の今後にとって幸運というべきでしょう。娘の式部が道長の知る所となり、道長邸の土御門《つちみかど》邸への出仕を要請されたのも、その縁によるものと思われます。

寛弘五年（一〇〇八）三月、為時は左少弁に任じられ蔵人に補せられました（『権記』）。次いで寛弘八年二月、越後守に任ぜられました（『弁官補任』）。すでに六十も半ばに達した老齢であったと思われます。長男の蔵人式部丞惟規が、父を案じて自らの職を辞して越後に赴きましたが、途中病になって、かえって父に看護され、やがて彼の地で病没してしまいます。その頃都に居た娘の式部も病んでいたらしく、為時は長和三年（一〇一四）六月、越後守の任半ばで官を辞して帰京しているのも、この式部の病没のためかと考えられています。

その後為時は、長和五年（一〇一六）四月二十六日、三井寺で出家したことが知られています（『小右記』）。以後の為時の消息は、寛仁二年（一〇一八）一月の摂政頼通の大饗の屏風に和歌を奉っていることが分かっていますが、その後は不明です。

（3）母と姉弟たち

式部の母は、常陸介藤原為信の娘です。この母は、式部と姉と弟の三人の子を残して早世しました。同腹の弟惟規を産んだ直後に亡くなったとすれば、式部の三・四歳の時でしょうか。この実母について式部はいっさい語る所はありませんが、幼少期に死別した母の記憶はほとんど残っていなかったのでしょう。

幼くして生母に死別した式部ですが、その後為時の伴侶となった継母についても全く語る所がないことから推しますと、式部はこの継母とは同居していなかったのではないかと思われます。しかし為時は、この第二の妻との間に惟通《のぶみち》、定暹《じょうせん》の二男と一女とを儲けていますので、夫婦仲は円満であったと考えられます。散位時代の長い不遇な為時にとって、精神的な支えとなった賢明な妻であったと思われます。

式部の実姉は、式部が二十歳を過ぎてから亡くなったようです。家集に、友人で妹をなくした西国の受領の娘と、姉を亡くした式部とが、お互いに相手を亡くなった姉と妹に見立てて、それぞれを姉君、中の君と呼んで寂しさを紛らわせている贈答の歌が見えますが、その歌中に越前の地名を詠みこんでいますので、式部の姉が亡くなったのは越前出立の長徳二年（九九六）より少し以前のことと推定されます。

実弟の惟規《ただのり》は、寛弘四年（一〇〇七）正月に少内記から蔵人に補され、やがて兵部丞となり式部丞に転じています。学者の家の後継として人並みの官歴と思われますが、前述のように父の越後の守赴任に際して蔵人式部丞の官を辞して同行し、その下向の途次発病して彼の地で病没しました。時に寛弘八年（一〇一一）秋、享年は三十歳後半でしょう。大斎院選子内親王付きの才媛斎院の中将を愛人に持つ風流歌人で、勅撰集にも十首採られており、『藤原惟規集』を残しています。

式部の異腹の弟妹には、惟通《のぶみち》、定暹《じょうせん》と、他に女子一人がいます。

惟通は『権記』の寛弘六年（一〇〇九）正月十日の条に「同惟通〔為時男〕補雑色」とあるのが文献上の初出で、後に蔵人、右兵衛尉となり、寛仁三年（一〇一九）七月十三日には常陸介《ひたちのすけ》に任じられていますが（『小右記』）、翌年秋頃任地で没したと思われます。『尊卑分脈《そんぴぶんみゃく》』の肩付に

「安芸守《あきのかみ》」とあるのは、常陸介以前の職歴でしょう。

その弟の定暹は、三井寺《みいでら》の阿闍梨《あじゃり》で、父為時が三井寺で出家したのもその縁によるものと考えられます。

異腹の妹は藤原信経《さねつね》の妻となっています。信経は父為時の次兄の子息であるから、従兄妹同士の結婚ということになります。信経は、長徳元年（九九五）二十七歳で蔵人に補され、右兵衛尉、兵部丞、式部丞、河内権守などを歴任して越後守に任ぜられています。式部の父の為時や兄の惟規よりも蔵人補任は若く、官歴も安定しています。

[4]……娘時代の体験と性格

式部の生年は明らかでありません。天禄元年（九七〇　今井源衛説）、天延元年（九七三　岡一男説）、天元元年（九七八　与謝野晶子説）などの説がありますが、天延元年ごろが妥当と思われます。

式部の娘時代を伝える資料は少ないのですが、家集に見える次の贈答歌は興味深いものがあります。

姉なりし人亡くなりて、又人の妹《おとと》うしなひたるがかたみに行きあひて、亡きが代りに、と思ひかはさんといひけり。文《ふみ》の上に姉君と書き、中の君と書き通はしけるが、をのがじし遠き所へ行き別るるに、よそながら別れを惜しみて、

北へ行く雁のつばさにことづてよ雲の上がき書き絶えずして

返しは西の海の人なり。

行くめぐり誰か都にかへる山いつはた聞くとほどのはるけさ

この贈答歌は、返歌に鹿蒜山《かへるやま》、五幡《いつはた》など越前の地名が詠みこまれているので、式部の越前下向の直前、二十二歳ぐらいの頃のものと推定されますが、詞書によれば、姉を亡くした式部と妹を失った友だちとが、互いに姉君・中の君と呼び合って文通していたといいます。それぞれの姉妹を亡くした者同士が、相手を亡姉亡妹に見立てて孤独感を癒やしていたわけで、いささか同性愛的傾向がうかがえますが、このような性格は、例えば同僚の女房の宰相の君の昼寝姿に魅力を感じて、思わず狂気じみた行為に及んでしまう性情と通底するものがあるでしょう。

この姉妹の約束まで交した友だちとの別離の悲哀は、四年ごとに任地が変わる受領《ずりょう》層の子女特有の体験でしょう。家集には、家族とともに地方に赴任していく友への別れの歌が何首か見えますが、その都度いい知れぬ悲しさを体験させられる受領層の娘の階級的悲哀は、式部の娘時代の孤独感・寂漠感を一層助長するものであったに違いありません。

父の越前守赴任に伴なわれての越路の旅と、越前国府（現在の福井県武生市）での一年余りの生活は、式部にとって又とない貴重な体験であったと思われます。ことにこの北国行きは、地味な環境に育った孤独で内気な式部にとっては、おそらく初めての大旅行であっただけに、そのすぐれた才質と鋭い感受性は、ある種の驚きをもってみずみずしく躍動し、未知の国の人情、風物を十二分に吸収して、大いに見聞を広めたことでしょう。

越前赴任の為時一行の経路は、京から逢坂山を越えて打出の浜（大津）に出て、そこから船で琵琶湖の西岸沿いに北上し、湖北の塩津に上陸、塩津山を越えて越前敦賀に出、五幡、鹿蒜山を経て国府（武生）に至るという、四、五日の行程です。家集には、越前行きの途中の風景を詠んだ歌が数首収められています。

近江の湖にて三尾の崎といふところに網引くを見て
三尾の海に網引く民の手間もなく立ち居につけて都恋しも
塩津といふ道のいとしげきを、賤の男の怪しきさまどもして、なほ辛き道なりやといふを聞きて、
知りぬらむ往き来に慣らす塩津山世に経る道はからきものぞと

通常ならば、初めての旅の珍しい風物や感動を素直に詠むべきところを、式部は三尾の崎に網引く漁民の姿や、けわしい塩津山を越える賤しい庶民に目を向けています。これは日記において、行幸の盛儀の最中に駕与丁《がよちょう》の苦しげなさまを見つめたり、晴れやかな五節の儀に舞姫の苦しさを思いやったりする眼と同質のもので、物事の表面のみを見ない式部特有の複眼的観察眼がすでに備わっていることは興味深いことです。
　この北国行きの体験が、直接間接に後の物語創作に活かされたであろうことは想像に難くない

ですが、しかし式部の越前国府での生活は、わずか一年余りで、父を残して都に戻って来ます。藤原宣孝との結婚のためであろうといわれています。

[5]……恋愛・結婚・出産・死別

式部が藤原宣孝《のぶたか》と結婚したのは、長保元年（九九九）、式部が二十七歳、宣孝が四十七歳のころと推定されています（岡一男氏説）。

この結婚が式部の初婚とすると、当時の女性の成年式が十二、三歳として、成人してから十数年も独りでいたことになり、きわめて不自然なので、これ以前に結婚の経験があったと見るのが妥当でしょう。その点、家集の巻頭近くに見られる朝顔の花の贈答は、式部の娘時代における男性との交渉を推測させるものです。

方違えに来た男と一夜を過ごし、早朝歌に朝顔の花をつけてやったというものです。

方違《かたたが》へにわたりたる人の、なまおぼおぼしきことありて、帰りにけるつとめて、朝顔の花をやるとて、

おぼつかなそれかあらぬか明けぐれのそらおぼれする朝顔の花

返し、手を見分かぬにやありけむ、

いづれぞと色分くほどに朝顔のあるかなきかになるぞわびしき

この相手の男を後の夫となる宣孝と見なす説が多いのですが、女の方から朝顔の花とともに歌を贈るという、かなり積極的な行為から想像すると、この関係は式部の方が乗り気のようであり、相手が宣孝のような二十歳も年長の男とは思われません。詞書によれば、式部の筆跡を承知しているはずの男性であるから、それまでも幾度か手紙のやりとりがあった年相応の若者と考えるべきでしょう。為時の家を方違所に選ぶ可能性からすれば、親類筋か、為時の役所関係の知人などかと思われます。歌に詠まれた朝顔の花を、従来男の顔と解釈していますが、花にたとえるのはやはり女の顔とすべきで、その夜情を交わして朝まだきに出て行った男を、夢心地に茫然と見送る式部自身の顔をいったものと思われます。それに対して男は、こちらの筆跡が見分けられなかったのか、どなたからの朝顔の花か思案しているうちに、花の美しさが失せてしまうのが何とも切ないことと返歌をして来ました。詞書にある「なまおぼおぼしきことありて」という表現は、その明け方に露に濡れた朝顔の花を男に贈るという意味ありげな行為を考え合わせますと、その夜情事のあったことを朧写したものと見てよいでしょう。この交渉は男が逃げ腰であったようで、結局式部は傷心を負う結果になったのではないでしょうか。父が寒い越前までわざわざ式部を同伴して行ったのも、憂うつな京を一まず離れさせるための気分転換であったとも考えられます。

式部の夫宣孝の家系は、同じ良門流ではありますが、勧修寺家の藤原高藤四世の孫に当たりますので、家格としては式部の家よりも一段上です。

宣孝は、天元五年（九八二）には早くも左衛門尉で蔵人を兼ねていますが、あるいはこの時為時と蔵人勤務を同じくしていたかも知れません。その後、備後・周防・山城・筑前・備中などの国司を歴任しており、官吏としては有能な人であったらしいです。『宣孝記』という記録を蔵人仕官当初から没するまで二十一年間も記していたといいますから、実務に堪能で政状にも明るく、学問教養もまずまずであったでしょう。式部と結婚した当時は、前述のように四十七歳ぐらいで、すでに複数の女性、下総守藤原顕猷《あきのり》の娘、淡路守平季明《すえあきら》の娘、中納言藤原朝成《ともなり》の娘などを妻としており、それぞれに子供も儲けていました。性格は明朗闊達で物事にこだわらず、『枕草子』には、誰もが潔斎をして地味な装束で行く御嶽《みたけ》詣でに、息子の隆光とともに派手な装束で出かけ、人々を驚かしたという逸話を伝えています。その点は性格的には内気な式部と正反対ですが、地味な環境に育った式部には、かえって宣孝の派手な性格が新鮮に映ったのかも知れません。宣孝にしても、二十歳も年下の新しい妻の魅力は、やはりつつましやかな中ににじみ出た知的教養と、すぐれた文芸的才能であったのでしょう。宣孝はこの新妻の資質に誇りをもって、その文芸活動に理解を示したことと思われます。式部もまた能吏で理解ある夫を得て、物語の習作なども試みることができたでしょう。

結婚の翌年の長保二年（一〇〇〇）、宣孝は左衛門権佐となり、二人の間には一女賢子が誕生しました。夫の昇進、愛娘の誕生と、この頃が式部にとってもっとも幸福な時期であったと思われます。しかしその幸福も束の間、長保三年四月二十五日、宣孝は病没し、結婚後わずか二年余りで式部は一女を抱えて寡婦となってしまいました。この夫を失った大きな悲傷の経験が、式部の内面的な性格にさらに深い陰影を加えたであろうことはいうまでもなく、それが『源氏物語』に描かれた幾つかの死の場面に生かされたであろうことも想像に難くありません。家集に見える宣孝の死を嘆いた歌、

見し人の煙となりし夕べより名もむつましき塩釜の浦

が、夕顔の死や葵の上の死を傷んだ源氏の歌、

見し人の煙を雲とながむれば夕べの空もむつましきかな
のぼりぬる煙はそれと分かねどもなべて雲ゐのあはれなるかな

と発想が酷似していることは、多くの先学の指摘するところです。

〔6〕……具平親王家出仕の可能性

紫式部のすぐれた学才については、従来家系に結びつけたり、文人為時の娘であることを強調したりして説明することが多かったのですが、それだけではやはりいかにも納得性に乏しいと思われます。そのような式部の先天的資質や、家庭環境も重要ではありますが、それ以外におそらく彼女の学才をより充実させるような環境が存在したものと思われます。

その点、父の為時が式部の娘時代の散位であった頃、特に中務宮具平《ともひら》親王の六条の宮に親しく出入りしていたことは、式部の知的環境を考える上で看過できないことと思われます。

具平親王は、村上天皇の第六皇子で、才学と風雅を称えられ、後中書王《ごちゅうしょおう》と称されました。その邸宅六条の宮には、当時の名のある文人たち、源為憲、源孝道、慶滋保胤《よししげやすたね》、大江以言《おおえのもちこと》等々が出入りして、知的文化サロンを形成していました。為時も母方の縁で孝頼などとともに親しく出入りし、詩宴などに陪席しています。前にも述べましたが、為時が永延二年（九八八）頃に詠じた詩序の中で、自らを「藩邸之旧僕」と表現していることは、詩文特有の誇張的表現もありましょうが、さして親しくもない者が用いる表現ではないと考えられます。具平親王家における主従としての深い結びつきを伺わせるものと思われます。

式部自身も、日記によるとこの具平親王家に何らかの関係があったように書かれています。

中務《なかつかさ》の宮わたりの御事を、御心に入れて、そなたの心寄せある人と思して語らはせ給ふも、まことに心のうちは、思ひゐたること多かり。

道長が長男頼通と具平親王の息女隆姫との結婚を望み、結果的にこの婚儀は成立しましたが、右の一文はこの件に関して、道長が式部を「そなたの心寄せある人」と思って相談を持ちかけたと考えられています。道長がどんなことを持ちかけて来たのかは知るよしもありませんが、式部が「心のうちは、思ひゐたること多かり」と記しているところから推察すれば、この相談事は式部にとってかなり気の重いことであったらしいと考えられます。権勢第一の道長であっても、所詮藤原氏は臣下で、皇系への憧憬の思いは断ち切れず、道長自身も、正妻鷹司殿倫子は源雅信（宇多天皇の皇子敦実親王の子）の娘、第二夫人の高松殿明子は、安和の変で失脚した源高明（醍醐天皇の子）の娘、第三夫人も源重光（醍醐天皇の子代明親王の子）の娘でした。その皇系への志向が長男頼通の相手にも、具平親王の姫君隆姫を望んだのでしょう。しかしいくら式部が中務宮家に縁があるといっても、この結婚話に関しては、一女房には荷が重すぎることで、「心のうちは思ひゐたること多かり」と書かざるをえなかったのでしょう。それにしてもこのようなことがあったことは、式部が具平親王家とかなりの関わりがあったことを示すもので、父為時の具平親王との主従のような関係から推測すると、あるいは式部自身も若い時期に中務宮家に出仕した経験があったのではないでしょうか。道長があえて隆姫のことに関して相談を持ちかけたことは、隆姫の生まれた前後、正暦五年（九九四）前後に、その守り役になっていたのかも知れません。

〔7〕……初出仕と伺候名

式部が中宮彰子への出仕以前に、いずれかに宮仕えしていたという確証はありませんが、その推察を大きく助ける事象として、式部という伺候名に留意してみましょう。

紫式部の正式な伺候名は、『栄華物語』や『拾遺集』によって、「藤式部」であったことが知られていますが、この伺候名が彰子中宮出仕に際して名付けられたとすると、その呼称の由来が判然としません。

通常、宮仕えの女房の伺候名は、その女性の父兄とか夫とかの後見的立場にある男性の官職から名付けられることが多くあります。和泉式部は和泉守橘道貞の妻、赤染衛門は赤染時用の娘という具合です。式部の場合、彰子中宮に出仕当初、父の為時は散位であり、それ以前は越前守でした。したがって、もしこの時期に新参の為時の娘に新しく伺候名を与えるとすれば、越前という国名がもっとも蓋然性が高いといえるでしょう。また亡夫宣孝の最終官位を拠り所とすれば、左衛門の佐でしたから、左衛門とか衛門とかの呼称が考えられます。寛弘二年（一〇〇五）三月、亡夫の異腹の子隆光が式部丞になりますが、それを呼名と考えるのは系譜的に離れ過ぎます。実弟惟規が式部丞に任ぜられるのも後年のことで、伺候名の由来とはなりません。

それにもかかわらず式部という伺候名が付けられたのは、やはり父為時の官職名に拠ったと見るべきでしょう。それならば、式部と名付け得る時期も、父為時が式部大丞になった寛和二年（九八六）頃から、越前守に任じられた長徳二年（九九六）頃までを目途に考えるべきでしょう。この間の式部の年齢は十四歳から二十四歳ぐらいであり、二十歳前後に中務宮へ出仕した時、そこで父の前官名から藤式部と名付けられたとしても不審はありません。

この伺候名が、彼女の文才とともに著名になっていたとすれば、彰子中宮への出仕に際しても、特に新しい伺候名を与える必要はなく、旧名の藤式部がそのまま継承されたことでしょう。しかし新しい職場の彰子中宮サロンでは、おのずから新作の『源氏物語』が評判となるにつれて、その作者として紫式部というあだ名が呼名となったと考えられます。そのように呼ばれるようになった時期は、日記の次の記事がヒントになりそうです。

左衛門の督、「あなかしこ、このわたりにわかむらさきやさぶらふ」とうかがひたまふ。源氏に似るべき人も見えたまはぬに、かの上はまいていかでかものしたまはむ、と聞きゐたり。

寛弘五年十一月一日、敦成親王の五十日《いか》の祝いの席で、当代の有識者藤原公任が、「若紫」の巻で少女紫の君を伺い見た光源氏を眞似て、几帳の蔭にいる式部を「うかがふ」しぐさをしたというのです。この行為には、早速新作の「若紫」の巻を読みましたよ、という挨拶めいた気持もこめられていると見てよいでしょう。しかもさして若いとはいえない式部を、あえて「わかむらさき」と呼んでいるのは、もちろん「若紫」の巻の若い紫の君に無理に見立てたからですが、この時すでに式部の伺候名が「紫式部」であったことを確かに示すものです。藤式部の伺候名が紫式部に変ったのも、「若紫」の巻の評判と関わっているとすれば、その時期も寛弘五年十一月を大きく遡るものではないと考えらます。日記によれば、彰子中宮のサロンには、源式部、小式部の乳母、式部のおもとなど、式部と呼ばれる女房も複数いるので、それらと区別して、あえて「紫」を冠した仇名が通用になったのかも知れません。

〔8〕……宮仕え生活と『源氏物語』

(1) 土御門邸への宮仕え

式部は、夫宣孝を亡くして喪が明けた頃、道長の土御門邸へ出仕したものと思われます。式部の宮仕えについては、『紫式部日記』寛弘五年十二月二十九日の条に、

師走の二十九日にまゐる。はじめてまゐりしも今宵のことぞかし。

と見えますので、従来は、この年以前の某年十二月二十九日が式部の初宮仕えの日だと考えられて来ました。しかし、これは宮中の彰子中宮のもとへ初めて出仕した当時のことを回想したもので、これを式部の初宮仕えと考えることは疑問です。

式部の宮仕えは、夫宣孝が没したのが長保三年(一〇〇一)四月二十五日で、夫の喪は一年ですから、少なくともこの一年の喪に服した後、長保四年夏以後五年にかけての頃と見てよいでしょう。その出仕先は土御門邸で、道長の正室鷹司殿倫子付きの女房であったと考えられます。

このことは、南北朝時代に著わされた『源氏物語』の注釈書『河海抄』冒頭の「料簡」に、

紫式部者鷹司殿従一位倫子一条左大臣雅信女官女也　相継而陪而上東門院

と見えており、また『後拾遺集』巻一番上に採られた式部の歌「み吉野は春の景色に霧めども結ぼほれたる雪の下草」の、陽名文庫本や彰考館本の注記にも、

従一位倫子家女房、越後守為時女、母常陸介藤原為信女、作源氏物語中紫巻仍号紫

とあるので、認めてよいと思われます。

式部の土御門邸出仕の直接の動機は、やはり父為時の縁によるものでしょう。為時は長保三年（一〇〇一）春、越前守の任果てて帰京し、再び数年の散位生活を送ることになりますが、その間も文人として貴顕の邸宅に出入りしていました。帰京した長保三年の十月には、東三条院詮子（道長の同母姉）の四十の賀に屏風歌を奉っており、長保五年五月十七日には、道長邸の法華三十講結願の夜の歌合せ（御堂七番歌合）に出席して出詠しています。

道長は、正暦元年（九九〇）十月五日、兄の関白道隆の娘定子が中宮に冊立《さつりつ》されるとともに中

宮大夫に任ぜられ、長保元年、兄の道隆・道兼が相次いで薨じるまで四年余りも勤めており、その間才媛のきしろう定子中宮サロンを目のあたりにして、やがてはわが娘彰子を入内させて、その後宮をそれ以上に彩るべく、期するところがあったに違いありません。

（2）中宮出仕の年時

式部が宮中の中宮彰子のもとへ初めて宮仕えに出た時期は、前述の日記の寛弘五年十二月二十九日の条に、次のようなこれを回想した記事がありますので、寛弘四年以前の某年の十二月二十九日であったことが知られます。

師走の二十九日にまゐる。はじめてまゐりしも今宵のことぞかし。いみじくも夢路にまどはれしかなと思ひ出づれば、こよなくたち馴れにけるも、うとましの身のほどやとおぼゆ。

①十二月が大の月の年

この初宮仕えの年時については、従来は寛弘二年説（岡一男氏など）、寛弘三年説（萩谷朴氏など）、寛弘四年説（与謝野晶子氏など）と、説が分かれており、現在ではこのうち寛弘二年あるいは三年の十二月二十九日と考えるのが有力になっています。

しかし寛弘二年は十二月が小の月で、二十九日が大晦日に当たるので、宮中は追儺などの歳末行事で騒がしかったと考えられます。ところが日記で初宮仕えを回想している寛弘五年十二月は大の月で、翌三十日に追儺《ついな》が行われたことも記されているので、この二十九日には、初宮仕えをしみじみと回想する余裕があったわけです。

したがって、式部の初宮仕えの年時も、この寛弘五年と同じ条件の、追儺などのあわただしい歳末行事のない十二月が大の月の二十九日であったと考えるべきで、小の月の寛弘二年ではないと言えるでしょう。

十二月が大の月の年は、寛弘元年・三年・四年とありますが、さらに次の件を考慮に入れますと、寛弘元年とするのが妥当のように考えられます。

②五節の弁の不安

日記のいわゆる女房批評の記事の中に、五節の弁についての次のような一文があります。

五節の弁といふ人はべり。平中納言のむすめにしてかしづくと聞きはべりし人。絵にかいたる顔して、顔いたうはれたる人の、まじりいたうひきて、顔もここはやと見ゆるところなく、色白う、手つき腕《かひな》つきいとをかしげに、髪は見はじめはべりし春は、丈《たけ》に一尺ばかりあまりて、こちたくおほかりげなりしが、あさましう分けたるやうに落ちて、裾もさすがにほめられず、長さはすこしりあまりてはべるめり。

さて、この一文によれば、平中納言惟仲の養女五節の弁の髪が、はじめて会った春には背丈より一尺も余る豊富な髪であったのに、その後何ともあきれるほどに抜け落ちてしまったというのです。

女性の美の象徴ともいうべき見事な黒髪が、僅かな間に抜け落ちて見る影もなくなってしまったというのは大変なことで、悪い病気によるものか、あるいはよほどの精神的苦悩があってのことでしょう。

その因となったのは、以下に述べるような養父平惟仲の突然の病死と、それに関連する長期に亘る精神的苦慮（ストレス）によるものと思われます。

平中納言惟仲が、この養女の五節の弁を実の娘のようにかわいがっていたらしいことは、日記に「むすめにしてかしづくと聞きはべりし」とあるのによっても推察されますが、それだけに愛してくれた養父を亡くした五節の弁の悲嘆は想像に余りあるものです。しかもその死に至るまでは、惟仲はもとより平中納言家にとっては、深刻な苦悩の連続でした。

というのも、当時太宰権帥《だざいのごんのそつ》として筑紫に赴任していた惟仲は、宇佐八幡の神人と不仲であったらしいのです。その間の事件の経過は、『御堂関白記』や『小右記』をたどることによって、ある程度知ることができます。

中納言平惟仲が太宰権帥を兼任したのは、長保二年（一〇〇〇）正月二十四日の除目でしたが、その四年後の寛弘元年（一〇〇四）二月九日、太宰府から道長のもとに消息を送って来ています。その詳細は知るべくもありませんが、どうやら宇佐八幡との不和のいきさつを中央に報告して来たもののようです。『御堂関白記』には「有難物」と記されていますので、任地の物産をいろいろ届けて善処を安堵したのかも知れません。ところが翌月の三月二十四日には、何と現地から宇佐の神人たちが大挙して上京し、直接帥の非道を訴えるに至っています。これに対して二十七日、右大臣顕光は諸卿と諮って、双方の言い分を聞いた後、太宰府へ推問使を派遣することを決めています。

四月二十八日、宇佐八幡宮の訴えに対する太宰府への推問使は、長官右衛門権佐藤原孝忠、判官左衛門尉平仲方、主典《さかん》左衛門志《さかん》県犬養為政と決まりました（御堂関白記）。ところが七月になっても推問使長官藤原孝忠は、病気と称して下向しようとしません。どうやら非は惟仲方にあって、使の役目が全うできないことを見越してのことであるようです。この間にも惟仲は、左大臣道長や右大臣顕光に芹を献上し、妻の三位藤原繁子は御所に参内して事のもみ消しを図っています。惟仲夫妻の横暴は宇佐八幡の神威をないがしろにするものだと、正義感の強い小野宮実資は憤っています（小右記）。

道長は惟仲の弟の平生昌を、至急西国へ下向させました。実弟ならば兄の不始末を何とか納めることができると判断したのでしょうか。その後この事件に関する記事は記録録に見当たりませんが、これほどの大がかりな怨訴がすんなり納まったとは思われません。生昌の収拾にも手間がかかっているのでしょうが、何分にも遠国の出来事なので情報に乏しいのでしょう。しかし、惟仲は結局寛弘元年十二月二十八日の小除目で、太宰権帥を解任されています（御堂関白記）。

ところが、この事件はさらに尾を引き、宇佐八幡の祟りとなって惟仲の身の上に襲いかかって来ます。翌寛弘二年（一〇〇五）の正月十六日右衛門督藤原斎信が実資の所へ来て、惟仲が筑紫の安楽寺に参詣の途中、腰を折って重く患っている、という情報を伝えています。しかもそれは宇佐の宮の祟りではないか、というのです。そしてついに惟仲は、それがもとで三月十二日に重病となり、十四日に亡くなってしまいます。その遺骸は翌月四月二十日，弟の生昌に見守られてようやく帰京しましたが、世間の人々はその死を宇佐八幡宮の降誅として恐れました（小右記）。その死後も、筑前高田の牧の牧司が、故惟仲が壱岐の荒馬を捕えると称して、高田の牧の牧子十三人を壱岐の島へ追返したと訴え出ているので（小右記）、惟仲の太宰府での乱脈と横暴ぶりは、目に余るものであったらしいのです。

以上のような事件の経過の中で、京の平中納言家の家族をはじめ一族の人々が、遥か遠国での出来事を案じつつ、どんなに心を悩まし続けたかは想像に難くありません。ましてや頼りにすべき養父惟仲の次々の悪評の中で、世間の白い目に耐えつつ懊悩の限りを尽くしたあげく、惟仲の怪我・病気・死と、不幸のどん底に突き落とされた五節の弁の強い衝撃と深い傷心は、言語に絶するものでしょう。加うるにその死が宇佐八幡宮の祟りという神罰といわれるものであるだけに、その後も平中納言家は世間から疎外視され、言い知れぬ不安と恐怖にさいなまされ続けたでしょう。その苦悶の期間が長いだけに、心身ともに疲弊し尽くして、五節の弁のさすがに長く豊かな黒髪もすっかり抜け落ちて、見る影もなくなってしまったものと思われます。

越前の守為時の娘（受領の娘）が、この平中納言の養女（上達部の娘）五節の弁と出会えるのは、宮仕えの場以外には考えられませんので、日記に見える「見はじめはべりし春」は、惟仲の亡くなる寛弘二年三月以前、まだ五節の弁の黒髪が豊富で美しかった寛弘二年春のことと考えられます。したがって式部が宮中の彰子中宮のもとへ初めて出仕した十二月二十九日の年時は、寛弘二年や三年ではあり得ず、寛弘元年であったと推定されるのです。

③式部のおもとの上野下向

日記の女房批評の中で、宮の内侍を評した後に、その妹の式部のおもとについて次のような記事があります。

式部のおもとはおとうとなり。いとふくらけさ過ぎて肥えたる人の、色いと白くにほひて、顔ぞいとこまかによくはべる。髪もいみじくうるはしくて、長くはあらざるべし、つくろひたるわざして宮にはまゐる。ふとりたる様態のいとをかしげにもはべりしかな。まみ、額つきなど、まことにさよげなる。うち笑みたる、愛敬もおほかり。

右によれば、式部のおもとはふっくらと太った色白の美人で、笑顔に愛敬があるとほめており、髪はとても美しいがあまり長くはなく、付け髪をして宮仕えには出ている、とあります。このような詳細な観察は、もちろんこの女房に式部自身が中宮のもとで会っているからです。

この式部のおもとは、上野介橘忠範の妻で、『御堂関白記《みどうかんぱくき》』の寛弘二年八月二十七日の条に、上野介になった夫と共に上野国へ下向したことが見えます。

忠範妾式部下向、調車欲賜聞来　仍至于大津賜宰相中将車

右は、忠範が任国へ下向するに際し、車を賜わりたいと依頼があったので、大津に到った時に宰相の中将（源経房）の車を下賜した、という記事です。道長が忠範を大事な家司として扱っていることが分かりますが、その妻が彰子中宮付きの女房であったことも関わりがあるのでしょう。

この寛弘二年八月下旬は、実は宮中の藤壺では、二十五日から五日間、彰子中宮の不断の御読経が行われており、その最中の上野下向でした。その結願に当たる二十九日の『御堂関白記』には、上野介橘忠範が馬五疋を献上した記事が見えますので、上野に着いた忠範が道長の好意に対して早速に馬を贈ったのでしょう。

ところが、上野介忠範は、翌寛弘三年五月に上野国で亡くなってしまいます。

五日巳亥、従上野国守忠範卒解文将来、六月廿一日解文、（『御堂関白記』寛弘三年六月五日の条）

その亡くなった日が五月十九日であったことは、翌寛弘四年五月十九日の『権記』に、

左府、忠範朝臣法事

とあって、この日道長が忠範の一周忌の法要を営んでいることから知られます。

式部のおもとが中宮に出仕したのは、この夫に死別した後という説もありますが、『御堂関白集』に見える次の贈答歌は、式部のおもとが上野に出かける時には、すでに中宮の女房であったことを示すのです。

上野に式部のおもとの下るに、宮より扇どもつかはす中に、仮屋などにて旅居のかたなど描きたる所に

草枕旅のやどりの露けくは払ふばかりの風も吹かなむ

御返事

程ふべき旅にはあらねど草枕涙の露の乾く夜ぞなき

上野に式部のおもとが下向するに際して、中宮彰子が仮屋に宿をとっている人々の絵を描いた扇を賜った時に、その扇に添えられた歌と返歌です。

この贈答歌は『新千載集』（巻七離別）や『秋風和歌集』（第十五離別）、『閑月集』（巻七離別）にも採られており、それらには贈り主を「法成寺入道前摂政太政大臣」「法性寺入道前摂政」などとあって道長の歌としていますが、これはこれらの家集がこの贈答歌を『御堂関白記』から採ったことによる誤まりと考えられます。

式部のおもとが上野下向の時にすでに中宮の女房で、中宮が親しく扇を賜わっており、彼女自身も「程ふべき旅にはあらねど」と詠んでいて、そう長くはない別れと思っていますが、藤壺での不断の御読経の最中にもかかわらず、側近の女房の出立に細かい心遣いを見せる中宮の優しい人柄が察せられます。

この式部のおもとが下野に下向したのは、前述のように寛弘二年一月二十七日ですから、紫式部が式部のおもとと中宮の同僚女房として会っていたのも、これ以前ということになります。

つまり寛弘二年八月以前には、紫式部は中宮彰子のもとに仕えていたのであり、その宮仕えの年時も、寛弘二年や三年の十二月ではあり得ず、寛弘元年十二月二十九日と考えられるのです。

〔9〕……紫式部の思考と性格

(1)「憂し」の型

『紫式部集』の巻末近くに、次のような歌が見えます。

いづくとも身をやるかたの知られねば憂しと見つつもながらふるかな

ただし、この歌は、現存の『紫式部集』の最善本とされる実践女子大学蔵本などには見あたりませんが、他の系統の諸本には収載されていますし、『千載集』雑中にも、紫式部の歌としてとられているので、式部の詠歌と認めてよいでしょう。この歌は詞書をもたないので、家集における位置や歌境から、かなり後年になっての作であろうと推定しうる以外は、具体的な詠歌事情を知ることはできませんが、実は紫式部の「憂し」に対する姿勢が、もっともよく表われていると思われるので、まずとりあげてみました。

わが身を処するすべがないままに、この世を厭いつつもなお辛い世に生きながらえている、というこの歌の発想は、けっして世の憂さを素直に詠じたものではありません。「憂しと身つつもながらふるかな」という下句の詠嘆は、この世を厭わしくいやなものと思いながらも、どうしようもなく依然としてその厭わしい世に生きながらえている自分に対して向けられたものです。これは単なる諦観的詠嘆ではありません。そこには諦観を超えた透徹した自己凝視があります。夫に死別し、老父や幼女をかかえて出家だにままならぬ自分、世の憂さをいやというほど体験しながらも、なおそれらから逃れえずに、さらにその辛酸を甘受し続けて生きながらえなければならない自分を、冷たく見据えているのです。ここには、憂き世に翻弄され、のたうちまわっている自分を、冷ややかに見つめているもう一人の自分がいます。

紫式部の「憂し」を詠んだ歌は、このように、「憂し」を直接的に詠嘆せずに、憂き世に生きながらえているどうしようもない自分の姿に向けられた自己回帰的な発想が多いといえます。

『源氏物語』「幻」の巻には、雪の暁方に女三の宮降嫁のころの紫の上を追憶した次のような源氏の独詠歌があります。

うき世にはゆき消えなんと思ひつつ思ひのほかになほぞほどふる

蕭条とした雪の曙を眺めやりながら、ありし日の紫の上を想うにつけても、辛いこの世の中から自分も消えてしまいたいと思いながら、心ならずも相変らず憂き世に生きながらえている、という身の孤愁を慨嘆したこの歌の発想も、さきの「いづくとも」の歌と同様でしょう。

また『紫式部日記』寛弘五年十月中旬ごろの記事には、水鳥によそえて自らの憂さを詠じた次のような歌があります。


水鳥を水の上とやよそに見むわれも浮きたる世を過ぐしつつ

帝の行幸を間近にひかえて、いっそう絢爛豪華に磨きたてられた土御門邸に起居しつつ、華麗な宮仕え生活と自らの憂愁の心との深い隔絶に悩んでいる式部が、その南庭に浮かんだ水鳥を眺めての独詠歌です。日記にはこの歌に続いて「かれもさこそ心をやりて遊ぶと見ゆれど、身はいとくるしかんなりと思ひよそへらる」とあるように、池水に無心に遊ぶ水鳥を見ても、わが身に思いよそえられて、苦しまずにはいられない式部の心なのです。

このような、対象を通して自己を見つめなおす、いわば自己回帰性ともいうべき性格は、式部の思考過程の大きな特性であって、対象についての鋭い批判の眼が、屈折回帰して厳しい自己凝視となり、深い内省と煩悶をともないつつ、いっそう重苦しい思索に沈潜していく、という式部特有の憂愁の型がそこに見いだされます。

『紫式部日記』には、このような自己回帰型の思考過程をもつ憂愁が、いたるところに見いだされます。

たとえば、十月十六日の土御門邸行幸の晴の日、鳳輦の御輿をかついで寝殿の階段をあがり、苦しげに這いつくばっている駕輿丁の姿を見て、「なにのことごとなる、高きまじらひも、身のほどかぎりあるに、いとやすげなしかしと見る」と、その低い身分ゆえのみじめな苦しい姿を、身分の上下や出自の貴賤にうるさい宮仕えに身をおく自分の憂さに思いくらべて悩んでいます。

また、十一月二十日、新嘗会のあでやかな五節の舞姫の見物に際しては、その晴れ姿や面目よりも、昼よりも明かるく照らす灯火の中を、衆目に晒されてしずしずと入場してくる舞姫たちを見て、「あさましう、つれなのわざや」とは思うものの、すぐに「人のうへとのみおぼえず」と、わが身に引きつけて考え、自分だって殿上人と面と向かって顔をつき合わせたりして、灯火に照らし出されていないというだけのことで、さぞ同じようにあらわに見られていることだろうと自己反省し、「まず胸ふたがる」とうち沈んでいます。

そして、お互いが華美を尽くして競い合わなければならない彼女たちの心情を思いやり、「われをかれがやうに出でよとあらば、またさてもさまよひ歩くばかりぞかし」と、わが身の上のこととして考え、その回帰の眼はそのまま自分の現在を見据えて、「かうまで立ち出でむとは思ひかけきやは」と、知らず知らずのうちにあつかましさに馴れてしまった自分のうとましい身を慨嘆し、さらに、「いまよりのちのおもなさは、ただなれになれすぎ、ひたおもてにならひやすしかし」と、わが身の後々の馴れ過ぎた姿までをも予想して煩悶しています。

そのほか、臨時の祭に神楽を舞う名手尾張兼時のめっきり衰えた舞姿を見ても、「あはれに思ひよそへらるること多くはべる」と沈思し、宮中の局で新参のころの想い出に沈んでは、宮仕えに馴れきってしまった現在の自分を、「うとましの身のほどや」と嘆き、周囲の若女房たちのはなやいだ声を聞くにつけても、

年くれてわが世ふけゆく風の音に心のうちのすさまじきかな

と詠じて、わが身の老いと荒涼たる心の孤独をかみしめています。

このような回帰型の憂愁の中にきわだつ自己凝視の恐ろしいほどの厳しさ、その自虐とも思えるほどの冷徹な眼こそは、まさしく貴族社会にうごめくさまざまな人間の精神の葛藤を、余すところなく描きおおせる偉大な物語作家の眼そのものと思われます。

（2）「憂し」の成因

紫式部がこの世を「憂し」と感じるようになったのは、いつごろからなのでしょうか。またそ

の因は何でしょうか。

家集には、娘時代の歌もかなり見られますが、その調べは意外に明るいものです。中にはまま少女の感傷めいた気分が見られるものもありますが、重苦しい嘆息や憂愁を含んだ歌は見当りません。式部の経歴を考えれば、幼いころに実母に死別しているらしいし、娘時代には姉の死にも遭遇しています。また文章生出身の地道な父の訓育からしても、底抜けに明かるく天真爛漫な少女期を過ごしたとは思えませんが、さりとて娘時代から重苦しい厭世観を抱いていたとも思えません。

家集の娘時代の歌には、式部の少女期が憂愁に包まれていたことを肯定しうるようなものはありませんが、その反対に、次のような朝顔の贈答などは、後年の式部からはちょっと想像できないような、積極的で勝気な気性をうかがうことができます。

　方たがへにわたりたる人の、なまおぼおぼしきことありて、かへりにけるつとめて、朝顔の花をやるとて、

おぼつかなそれかあらぬか明けぐれのそらおぼれする朝顔の花

　返し、手を見わかぬにやありけん、

いづれぞと色わくほどに朝顔のあるかなきかになるぞわびしき

方違えにやって来た男が、夜「なまおぼおぼしきこと」があってそのまま帰ってしまった、その翌朝に贈った朝顔の花をめぐっての贈答です。「なまおぼおぼしきこと」の具体的な内容は明確ではありませんが、多分男の女性に対する思わせぶりな行動を、女の恥じらいから朧化した表現でしょう。「おぼつかな」の歌は、式部が、昨夜解しかねる行動をしたくせにそらとぼけて帰ってしまった男に対して、朝顔の花にかこつけて詰問した歌ですが、女の側から花に添えて歌をよんでやるということは、当時の男女間のあり方としては、かなり積極的だというべきでしょう。しかもこの場合、当の男の方は、「いづれぞと」の歌のように、式部の筆跡を見分けられないふりをしてそらとぼけ、軽くいなしてしまっています。結局、折角の式部の積極的な行動もからまわりしてしまった感じですが、娘時代の式部の積極的で勝気な気性が、よくうかがわれるでしょう。

そのほか、娘時代の歌は、筑紫へ下る友だちとの離別の歌にも、越前への旅の歌にも、越前国府での生活の歌にも、帰京の歌にも、憂れわしさに沈んだ調べの歌はありませんし、宣孝との結婚生活にはいってからの歌にも、沈鬱な面影は見えません。

ところが、宣孝の没後になると、とたんに憂いの霧にとざされたような重苦しい歌が目立ってきます。

宣孝の死は、長保三年四月二十五日、享年四十九歳で、折から大流行の疫病にかかって急死し

たようです。この疫病は、前年末以来半年以上も広範囲に猛威を振ったらしく『扶桑略記《ふそうりゃくき》』には、

春月疫死甚ダ盛ナリ。鎮西坂東七道諸国ヨリ入二ル京洛一ニ。疫癘殊ニ甚シ。（中略）京師諸人於二テ紫野一ニ行二ク御霊会一ヲ。道路ノ死骸不レ知二ラ其数一ヲ。天下男女夭亡過レグ半ヲ。七月以後疫病漸ク止ム。

と記されています。この疫病に夫をとられ、結婚後わずか三年で、式部は一女を抱えて寡婦となってしまいました。

世のはかなきことを嘆くころ、陸奥の名あるところどころ書いたるを見て、塩釜、

見し人の煙となりし夕べより名ぞむつまじき塩釜の浦

右は夫の没後間もなく、陸奥の名所絵を見て詠んだものですが、夫に死別した悲しみを真正面から歌ったものではなく、夫が死んで荼毘《だび》の煙となった夕べから塩釜の浦という名さえなつかしく思われるというのです。塩釜の藻塩焼く煙と火葬の煙との連想から「名ぞむつまじき」とその地名に親しみを感じている発想は、夫の死とはおよそ関係のない名所の地名にさえも、亡夫にい

ささかの縁を見いだして親しみを感じずにはおられない現在の自分をはっきりと見据えてのもので、その亡夫の追慕の情を通して、こみ上げる式部の切実な悲しみがうかがわれるでしょう。

わずか数年の結婚生活の思い出と、一人の幼女を残して、突然夫に逝かれてしまってから、服喪の期間を過ぎるころまでの間は、悲痛のどん底にあって、寡居の空しさに耐えつつ、わずかにわすれがたみの賢子の養育のみを心の慰めに、日々を過ごしたことでしょう。

この寡居のつれづれの心の慰めに『源氏物語』を書き始めたとする説もありますが、急激に襲いかかった身の不幸に耐えながら、幼女をかかえて夢中で過ごすのが精一杯で、少なくとも亡夫の一周忌を迎えるまでは、物語の執筆などというすさびごとに気を向けるような心の余裕はなかったと考える方が、実状に合っているでしょう。そして、何よりもこの間に、人生のはかなさや人間の宿世について、深く悟るところがあったと思われます。

式部が深刻にわが身の不幸を凝視し、心底から世の中を「憂し」と感じるようになったのは、おそらくこの宣孝との死別がその主因でしょう。

夫の死後間もなく、娘の賢子が病気になったことがありました。

世を常なしなど思ふ人の、幼き人の悩みけるに、から竹といふもの瓶にさしたる、女ばらの祈りけるを見て、

若竹の生ひゆく末を祈るかなこの世を憂しと厭ふものから

幼女の病気平癒を祈って、乳母や侍女たちが唐竹を瓶にさして祈禱しているのを見ての詠です。「世を常なしなど思ふ人」というのは式部自身のことで、夫に死別して世の無常をつくづくと感じていたころのことです。竹を瓶にさして祈るのは、竹の生長力に依って生命の長寿を願う呪的な行為であるといいます。式部ももちろん母親として、一心に幼な子の快気を祈願したことでしょう。しかし、その子供の快復を心底から願っている自分こそは、何と、この世を憂しと思っている存在なのです。この世を厭う身が子供のこの世への復帰を一生けんめい願っているという矛盾、その矛盾した自分の精神と行動とを、じっと見つめている歌です。

続いて家集には、次のような二首が並んでいます。

身を思はずなりと嘆くことの、やうやうなのめにひたぶるのさまなるを思ひける

数ならぬ心に身をばまかせねど身にしたがふは心なりけり

心だにいかなる身にかかなふらむ思ひ知れども思ひ知られず

詞書に「身を思はずなりと嘆くこと」とあるのは、やはり夫の死別を契機として重層されてい

く深刻な悲嘆をさしているのでしょう。それが時の経過とともに、うすれるどころかだんだんと普通ではなくなって一途になっていく、その自分のどう見ても異常としか思えない姿態をつくづくと見据えての歌です。ここには自分の思い通りにいかない境遇を、いかんともなしがたいものと知りつつも、なおそのままに流されてしまうことを忌避している強い姿勢が感じられます。しょせんは「心」のままならぬ「身」を世の常理として受けとめながらも、いつの間にか「身」にしたがってしまっている「心」に気づいて慨嘆し、あるいは「心」が「身」にかなうことはありえないと知りつつも、どうしても悟り切れないでいる自分を見いだして煩悶しているのです。ここには現在の自分をさめた意識で凝視しているもう一人の自分がいるのです。その点これらの歌には、対象への単なる詠嘆ではなく、冷徹な自己凝視をもって自分へ回帰し、さらに深い内省と煩悶をともなって重苦しく沈潜していく、という前述の憂愁の型がすでに出来上っていることを知るのです。

（3）「憂し」の深化

宣孝との死別によって深刻に受けとめられた式部の憂愁は、さらに宮仕えによって新たな煩悶を加え、いっそうその色あいを深めていきます。外界の華麗さの中に身を置くことによって、内在する物憂さはますます対照的に際立たせられ、その上これに、表面のみやびの世界とはうらはらな嫉妬・中傷・阿諛・驕慢等のうず巻く女房社会の対人関係のわずらわしさが加重されて、式部の物憂さの度合は、一段と深化されていくのです。

式部の宮仕え当初の歌を見てみましょう。

初めてうちわたりを見るにも、もののあはれなれば、
身の憂さは心のうちに慕ひ来ていま九重に思ひ乱るる

式部の初宮仕えは、寛弘二年か三年の十二月二十九日とされています。夫を亡くして悲愁にうち沈んでいた式部が宮仕えに出るようになるまでには、再三父為時の勧めや、道長の要請などがあったものと思われますが、式部自身の心の中にも、いかほどかは宮仕えに対する憧憬の念があったのでしょう。女性として、受領の娘として、宮仕えはそう後ろめたいものであったとは考えられないですし、何よりも万上の天子や后妃たちが起居し、摂関以下の貴顕らが出入りする宮廷は、式部とても一度は垣間見ておきたい所であったにちがいありません。そのあこがれの宮廷にともかくも出仕したいま、少しは身の憂さの嘆きもはれるかと思いきや、その憂さはなお執拗に心を離れないで、この晴れがましい九重の宮中で、さらに深く思い乱れています。そのみじめな自分の姿に、改めて執ねきわが身の憂さを思い知らされて懊悩しているのです。外界の華麗さ

が内面の憂愁をきわだたせ、深化させているといえるでしょう。口さがない同僚女房たちの中傷や陰口に対する物憂さは、日記に、日本紀の御局《みつぼね》と仇名をつけられたことについて、

左衛門《さいも》の内侍《ないし》といふ人はべり。あやしうすずろによからず思ひけるも、え知りはべらぬ、心憂きしりうごとの、多う聞こえはべりし。

と見えており、さらにこの左衛門の内侍が、もしも自分が中宮に白楽天の楽府《がふ》を御進講申しあげていることを知ったら、どんなに中傷することだろうと思いめぐらして「すべて世の中ことわざしげく憂きものにはべりけり」と嘆息しています。
また次の歌は、実家に戻った式部が、今までとはちがった物憂さに気付いての告白です。

正月の三日、内裏より出でて、古里のただしばしのほどにこよなう塵積もり、荒れまさりにけるを、言忌みもしあへず、

あらためて今日しもものの悲しきは身の憂さやまたさまかはりぬる

正月三日、宮中から退出してみると、実家はしばらくの間に塵が積もってひどく荒れています。宮仕えのわずらわしさをようやくにのがれて帰宅したわが家、しかしその荒れたわが家に身をおいていると、しばしの宮仕え生活で、不幸なわが身のさまがまた変わってきているようです。「身の憂さやまたさまかはりぬる」は、従来の身の憂さが宮仕え生活によって別な様相を呈していることを見いだしての詠嘆です。

この里居の物憂い心は、次の日記の一節にも詳しく述べられています。

見どころもなき古里の木立を見るにも、ものむつかしう思ひ乱れて、年ごろつれづれにながめ明かし暮らしつつ、花鳥の色をも音《ね》をも、春秋に行きかふ空のけしき、月の影、霜雪を見て、そのとき来にけりとばかり思ひわきつつ、いかにやいかにとばかり、行末の心細さはやるかたなきものから、はかなき物語などにつけてうち語らふ人、同じ心なるはあはれに書きかはし、少し気遠きたよりどもをたづねてもいひけるを、ただこれをさまざまにあへしらひ、そぞろごとにつれづれをば慰めつつ、世にあるべき人かずとは思はずながら、さしあたりて恥づかしいみじと思ひしるかたばかりのがれたりしを、さも残ることなく思ひ知る身の憂さかな。

華やかな宮廷生活を離れて、久方ぶりに実家に帰った式部の寂寞たる孤独な心境がうかがわれる一文です。古里の木立を眺めつつ、はかないながらもひたすら物憂さに耐えて、気心の合う友と文通したり、物語を論じ合ったりして過ごして来た夫没後の日々を、あれこれとふり返るにつけて、今更ながら宮仕えの身の憂さが思いやられるのです。華美な宮廷生活がまったく自分の出るべき世界ではなかったということを、式部は実家に戻ってひとしお強く感じています。なまじ宮仕えに出たばかりに、親しかった友とも疎遠になり、訪問者さえもおとずれなくなってしまった身の孤独を、「すべてはかなきことにふれても、あらぬ世に来たるここちぞ、ここにてしもうちまさり、ものあはれなりける」と嘆じています。

ここにおいて式部の憂愁の度合は、宣孝との死別を主因とする従来の厭世観に加えて、さらに宮仕えがもたらした違和感、疎外感、劣等感、孤独感等々が相乗しあって、いっそう深化されていく様相を見せるのです。

以上、紫式部の思考と性格の、主に「憂し」の成因について、日記や歌集をもとに考えてみました。その様相は、平安期の一女性のものとはとうてい思われないほど、深遠で複雑です。大作『源氏物語』に見出されるさまざまな人間模様を創出した女性作家の精神構造は、並一通りのものではないことを、改めて実感した次第です。

第2部

深掘り！源氏物語

〔1〕……「桐壺」の巻は初めの巻？

『源氏物語』の冒頭の巻が「いづれの御時にか」と書き出される「桐壺」の巻であることは、およそ『源氏物語』の名を知っている者ならば、だれでも知っていることでしょう。ところが、その「桐壺」の巻が、『源氏物語』の初めの巻ではないかも知れない、というのですから驚きです。つまり現在の第一帖の「桐壺」の巻は、後から冒頭の巻として作られたらしい、という考えがそれで、これを「桐壺巻後記説《きりつぼのまきこうきせつ》」といいます。

この突拍子もない説がどうして生まれたのか、以下その理由を見てみましょう。

（1）高麗《こま》の人相見の予言

「桐壺」の巻で、若宮（後の光源氏）が七歳になったとき、高麗《こま》の国（今の朝鮮半島）から使節が来朝しますが、その中に人相をよく占う者がいました。桐壺のみかどはその人相見に若宮の相を見てもらうことにします。みかどの皇子というと、人相見が恐縮して本当のことを言わないかも知れないと、わざと右大弁《うだいべん》の子ということにして、鴻臚館《こうろかん》（当時の迎賓館）に連れて行って、高麗《こま》の相人に見てもらいました。

その結果は、相人は何度も首を傾けて、つぎのようなことを申しました。

国の親となりて、帝王の上《かみ》なき位《くらゐ》にのぼるべき相《さう》おはします人の、そなたにて見れば、乱れ憂《うれ》ふることやあらむ。朝廷《おほやけ》のかためとなりて、天《あめ》の下を輔《たす》くる方《かた》にて見れば、またその相違《さうたが》ふべし。

つまり、帝王の限りない位に上るべき相がおありですが、そうなると国が乱れることがあるでしょう。それでは天下の柱石となって、政治を補佐する方面かと思いますと、またその相でもないようです、というわけで、結局はっきりとしたことは申しませんでした。

桐壺のみかどは、さらに日本の相人にも若宮の相を見せましたが、同じようなことを申しますので、若宮に強力な後見《こうけん》がないことも考慮に入れられて、思い切って臣籍に下し、源姓を賜わりました。以後この若宮は、光源氏と呼ばれることになります。

ところで、古い物語は、予言とか夢告《むこく》とか、神仏の利生とかで、物語の大枠が規定されることが多いのですが、その点『源氏物語』も、この「桐壺」の巻の高麗の相人の予言は、三十三帖目の「藤裏葉」の巻で照応しています。

「藤裏葉」の巻は、光源氏の最高の栄華を語った巻ですが、そこでは太政大臣まで上った光源氏が、さらに准太上天皇という称号を賜わります。太上天皇というのは上皇、つまりみかどの父親のことで、院とも称されます。光源氏を後に六条院と呼ぶのはその故ですが、光源氏はこの「藤裏葉」の巻で最高の地位として准太上天皇、つまり天皇の父親に准ずるという、位とも称号ともつかない待遇を受けることになったわけです。

太上天皇に准ずるというのですから、もちろんみかどではありませんし、といってこれは普通の臣下とも言えません。ここでもう一度「桐壺」の巻の高麗《こま》の相人の予言を思い出してみて下さい。そこでの相人の予言は、みかどでもなく臣下でもないという、きわめてあいまいなものでした。ところがこの「藤裏葉」の巻の光源氏の最高の栄華を示す時点で、光源氏はまさにみかどでもなく臣下でもない准太上天皇となっているのです。

つまりここで高麗の相人の予言がぴったりと当たったということになります。古代の物語は予言で構想の大枠を示す場合が多いということを前にも述べましたが、『源氏物語』も高麗の相人の予言が光源氏の人生の大枠を定めていると言ってもよいでしょう。

（2）長い物語を書き続けるためには

ところが、この「桐壺」の巻の予言は、実は別の視点から見ると、大きな疑問があるのです。

ここで少し話題を変えて、古い時代に長い物語を書き続けるには、どんな条件が必要なのかを考えてみましょう。

当時物語が作られ、それが何巻も続く長編の物語になるには、少なくともつぎの三つの条件が必要だと思われます。

第一は作者の資質
第二は読者の支持
第三は庇護者の存在

第一の作者の資質が大事なことは今さら言うまでもありません。作者の教養・学識・文筆力や洞察力、人生経験など、物語作者としての必要な資質を備えていることは必須の条件です。

第二は、いくら作者に文才があり執筆意欲があって面白い物語を書いても、それを読者が受け入れてくれなくてはどうしようもありません。現代のように出版して不特定多数の読者に読んでもらうようなことはできないのです。

当時の物語は、まず作者の周囲の親しい友人とか宮仕えの同僚とかに見せて、評判がよければ口こみや筆写で伝わっていくわけですから、まず身辺の読者が興味を示してくれることが肝要です。幸いに読者が興味を持ってくれて、続きを要求するようになればしめたもので、二巻、三巻と書き継いでいくこともできるわけです。『源氏物語』のような大作も、作者が始めから五十四帖の長編物語を書こうと思って筆を執ったものではないと考えてよいでしょう。

第三の庇護者の存在も重要な条件です。作者が試みに書いた物語が、幸いに評判もよく、読者の要望があって何巻も書き続けようとすると、実際問題として、まず相当量の紙が必要となります。当時は紙が貴重でしたから、草稿や清書に使う紙は馬鹿になりません。筆や墨の消費もあるはずです。それに何よりも落ちついて物語を構想したり書いたりする静かな長い時間も必要です。もし作者が宮仕えの女房であったら、そのような長編物語をじっくりと書く時間的余裕をどのようにして確保したのでしょうか。

このように考えると、長編物語の創作には、経済的に援助したり、ある程度の余暇を与えてくれたりする大きな力、援助者が必要となるわけです。庇護者の存在は、長編物語の執筆には不可欠の条件といえましょう。

このような諸条件を満たしてはじめて何巻も書き続けることができることを思うと、冒頭の「桐壺」の巻で、三十三巻目の「藤裏葉」の巻と照応するようなことを、はたして書くことができるのかどうか、言葉をかえて言えば、ある程度光源氏の栄華の構想の見通しが立った段階でなければ、高麗《こま》の相人の予言は書けなかったのではないかと考えられるわけです。

（3）「若紫」の巻の二度目の過失

『源氏物語』の第五帖「若紫」の巻は、かわいい紫の君が登場するほほえましい巻で、現代の読者にも人気があり、その部分は古典の教科書にもよく取り上げられていますが、一方、光源氏が思慕してやまない藤壺の宮と過失を犯してしまうという重大な場面も含まれています。

その深刻な部分の本文は、つぎのように記されています。

藤壺の宮、悩みたまふことありて、まかでたまへり。上のおぼつかながり嘆ききこえたまふ御気色も、いといとほしう見たてまつりながら、かかるをりだにと心もあくがれまどひて、いづくにもいづくにもまうでたまはず、内裏《うち》にても里《さと》にても、昼はつれづれとながめ暮らして、暮るれは王命婦《わうみやうぶ》を責《せ》め歩《あり》きたまふ。いかがたばかりけむ、いとわりなくて見たてまつるほどさへ、現《うつつ》とはおぼえぬぞわびしきや。宮もあさましかりしを思し出づるだに、世とともの御もの思ひなるを、さてだにやみなむと深う思したるに、いと心憂くて、いみじき御気色なるものから、なつかしうらうたげに、……

藤壺の宮が病気で里邸に退出した時のことです。宮を慕い続けている源氏は矢も楯もたまらず、この時とばかり仲介の女房王命婦《おうみょうぶ》に懇願して、ついに宮と契りを結んでしまいます。その重大な過失を描いた一段ですが、この部分の表現をよく読んでみますと、おやと思うところがあります。「宮もあさましかりしを思し出づるだに、世とともの御もの思ひなるを、さてだにやみなむと深う思したるに」という部分です。ここに「あさましかりし」と過去の助動詞「き」が用いられていることに注目してください。思いがけなくも源氏を受け入れてしまった藤壺の宮は、過去を思い出して、「さてだにやみなむ」、あれきりで終わりにしたかったのに、と後悔しているのです。とすると、この「若紫」の巻の過ちは、二度目ということになります。

それでは、最初の過失はどこに描かれていたのでしょうか。

現存の『源氏物語』に関する限り、「若紫」までの巻々、「桐壺」「帚木」「空蟬」「夕顔」の巻のどこにも、源氏と藤壺の宮との過失は記されておりません。藤壺が「あれきりにしておきたかった」と後悔している過去の過失を、読者は知らないのにこのような描き方をしているのは、何とも疑問といわざるを得ません。

これについては、源氏と藤壺のスキャンダルは、作者がはばかって書かなかったのだという意見もありますが、それならば「若紫」の巻に二回目の過失を堂々と描いていることの説明がつかないでしょう。これはやはり、「若紫」の巻の記事に照応する初度の過失が、それまでに描かれていたと見るのが妥当と思われます。

それでは、この重大な記事はどこに描かれていたのでしょうか。

現存の「桐壺」の巻は、十二歳で光源氏が元服《げんぷく》した以後、藤壺のようなすばらしい方を二条邸に迎えたいという源氏の思いを書いて終わっていますが、次巻の「帚木」の巻は、すでに十七歳の近衛中将の源氏が登場しています。つまり源氏十二歳の元服以後、十七歳までの間、物語はブランクになっているのです。源氏が藤壺と過失を犯したとすれば、それは元服以後、源氏が大人になってからのことでしょうから、この「桐壺」から「帚木」までの間のブランクが、もっとも可能性がある期間ということになります。もしもその間に初度の過失が描かれていて、「若紫」の巻の二度目の過失の時に、藤壺がそれを思い出していたとすれば、矛盾はなくなるわけです。「若紫」の巻の藤壺の宮の述懐は、現存の「桐壺」の巻では説明がつかないところです。

（4）「桐壺」の巻の孤立性

ここで現存の「桐壺」の巻を、もう少し詳しく見てみましょう。

だれでも知っているように、「桐壺」の巻は『源氏物語』の最初の巻ですが、内容は光源氏の生誕以前から十二歳の元服《げんぷく》以後までのことが書かれています。つまり十二年以上の年立《としだて》をもっています。年立といいますのは、物語の展開を主人公の年齢を軸として年表化したもので、これによって各巻が光源氏の何歳の時の出来事が書かれているかがよく分かります。

例えば、第二・三・四帖の「帚木」「空蟬」「夕顔」の巻を、わたしたちはこの順序に読んでいくので、物語の時間の流れもこのように進行しているものと思いがちですが、実は年立を見ますと、「帚木」の巻は源氏十七歳の夏、「空蟬」の巻も同じ十七歳の夏のこと、つぎの「夕顔」の巻も十七歳の夏から初冬までというように、いずれも同じ十七歳の時の出来事を記した同時併行の巻（これを并《なら》びの巻といいます）であることが、年立によってはっきりと分かります。

さて、この年立によって『源氏物語』の正編といわれる部分（「桐壺」から「幻」まで）の巻々を見てみますと、まず「桐壺」と「帚木」の巻との間に数年間、具体的には源氏十二歳以後十七歳夏までの四、五年間のブランクがあることが分かります。

そのほか巻の間で年立にブランクのあるところは、源氏二十一歳の年の「花宴」と「葵」の間と、源氏三十歳の年の「関屋」と「絵合」の間の各一年間だけです。「若菜下」巻は、源氏四十一歳の春から四十七歳の年末までの七年間の年立をもつ長大な巻で、この間源氏四十二歳から四十五歳までの四年間の空白がありますが、これは巻の中でのことで、巻の間のブランクではありません。

このように見て来ますと、「桐壺」と「帚木」の間の数年間の空白は、『源氏物語』の正編の年《とし》立《だて》の上で、きわ立って目立つものであることが分かるでしょう。

さらに「桐壺」の巻が長大な「若菜下」巻よりも長い十二年以上の年立をもっていることも、他巻に比して特に異なっていることで、現存の「桐壺」の巻が『源氏物語』の中で孤立しているような感じがすることは否定できません。

（5）「かがやく日の宮」の巻

藤原定家の『奥入《おくいり》』という注釈書の「空蟬」の巻の注に、つぎのように、現在の『源氏物語』にはない「かがやく日の宮」という巻の名が記されていることは、実に興味深いことです。

うつせみ
　二のならひとあれと
　　はゝ木ゝのつき也
　　　ならひとは見えす
一説には
　二かゝやく日の宮このまきなし
　　ならひ一はゝ木ゝうつせみは
　　　　　　　　　　　おくにこ
　　　二ゆふかほ　　　めたり

右の注記は、一番信用度の高い定家自筆の国宝の『奥入《おくいり》』に見えるものですが、ここに「このまきなし」とありますので、「かがやく日の宮」の巻は、通常の『源氏物語』にはなかった巻だと思われます。しかし鎌倉時代初期には「かがやく日の宮」の巻があった本もあったという確かな証拠でもあります。

「かがやく日の宮」という言葉は、現存の「桐壺」の巻にも、つぎのように見えています。

……なほにほはしさはたとへむ方なく、うつくしげなりしを、世の人光る君と聞こゆ。藤壺ならびたまひて、御おぼえもとりどりなれば、かがやく日の宮と聞こゆ。

世間の人が、輝くばかりの若宮を光る君と称えたことと並び称して、若く美しい藤壺の宮を、かがやく日の宮と賛美したというのです。つまり「かがやく日の宮」というのは藤壺を称賛した呼名です。

ところで、歴史物語の『栄花物語』四十巻には、『源氏物語』と同様に優雅な巻名がつけられていますが、その第六巻に「輝く藤壺」という「かがやく日の宮」とよく似た巻名があります。この巻は、藤原道長の娘彰子（後に紫式部が仕えた方）が十二歳で女御《にょうご》として入内《じゅだい》することから始まっており、そこでは宮中の藤壺に入った彰子の美しさを、「これは照り輝きて」と称賛しています。また後の第八巻「はつはな」の巻には、この時の入内の様子を、中宮参らせたまひしをりこそ、輝く藤壺と世の人申しけれ。

と記していますので、「輝く藤壺」とは彰子中宮をさしていることが分かります。そうしますと、これとよく似た巻名「かがやく日の宮」の巻は、藤壺の宮の入内を描いた巻ではなかったかと推量することができるでしょう。

先帝の四の宮が、亡き桐壺の更衣に生き写しということで入内して藤壺となり、亡母を慕う光源氏が、この若く美しい藤壺を慕ううちに、いつしか母恋しさが藤壺への恋情となり、ついに過失を犯してしまうという内容が、この「かがやく日の宮」の巻には語られていたのではないでしょうか。

この巻に、藤壺との初めての重大な過失が描かれていたとすれば、前述の「若紫」の巻の二度目の過失を思わせる記述も、それを受けたものと納得がいくことです。

以上の要点を整理してみますと、

①　高麗の人相見の予言が「桐壺」の巻で示されていることは、当時の長編物語の書き進め方や執筆条件を考慮に入れると不審であること。

②「若紫」の巻に見える藤壺との二度目の過失の記述は、最初の過失を受けたものと考えられるが、現存のそれ以前の巻々に、それに該当する記述が見当らないこと。
③現存の「桐壺」の巻は、次巻の「帚木」の巻との間に数年間の空白があり、孤立性が強いこと。
④藤原定家の『源氏物語』の注釈書『奥入《おくいり》』に「かがやく日の宮」の巻という、現存の『源氏物語』にはない巻の存在を伝える記述があり、それは藤壺の入内を語った巻であったと推定されること。

などについて述べてみました。

その結果、現存の「桐壺」の巻は、どうも初めから『源氏物語』の首巻として書かれたものではなく、『源氏物語』がある程度書き進められた段階で、後から書き加えられたのではないか、という考え方もできそうだということを述べたわけです。

この考え方は「桐壺巻後記説《きりつぼのまきこうきせつ》」という有名な説ですが、読者の皆さんはこれについてどうお考えでしょうか。専門家の間でも今だに意見が分かれていることですから、軽々しい判断はさし控えなければなりませんが、事は長編『源氏物語』の執筆の順序、物語の成立の問題にも大きく関わっていますので、その辺の事情も含めてよく考えなくてはならない大問題といえましょう。

だれもが『源氏物語』の第一巻としてよく知っているはずの「桐壺」の巻にも、実は今もって専門家も解決できないこのような疑問があるのです。

[2]……「かざり」とは？

『源氏物語』の表現方法の中に「かざり」と言われるものがあることを、ご存知でしょうか。物語文学の分野では、今まであまり聞いたことのない用語ですし、これについて論じたものもないようですが、実は『源氏物語』の古い注釈書には、「かざり」という言葉が見えるのです。『源氏物語』の研究の歴史は長く、その間に著わされた注釈書も沢山あります。それらは古人の解釈や意見を伝えるものとして貴重ですが、中でも現代の私たちが見落としているようなことについて、指摘したり評価したりしている場合に出合いますと、改めて古注の価値を再認識することも少なくありません。

ここに取り上げる「かざり」もその一例で、幾つかの古注釈書がすでに指摘しているものです。

一

「若紫」の巻に、次のような一段があります。

いみじう霧りわたれる空もただならぬに、霜はいと白うおきて、まことの懸想もをかしかりぬべきに、さうざうしう思ひおはす。いと忍びて通ひたまふ所の道なりけるを思し出でて、門うち叩かせたまへど、聞きつくる人なし。かひなくて、御供に声ある人してうたはせたまふ。

あさぼらけ霧立つそらのまよひにも行き過ぎがたき妹が門かな

と二返りばかりうたひたるに、よしある下仕を出だして、

立ちとまり霧のまがきの過ぎうくは草のとざしにさはりしもせじ

と言ひかけて入りぬ。また人も出で来ねば、帰るも情けなけれど、明けゆく空もはしたなくて、殿へおはしぬ。

これは、源氏が幼い紫の君を訪れて一夜を過ごし、翌朝霧の中を帰って来る途中で、かつての忍び通いの家を思い出して歌をよみ入れた、という場面です。

この段は、紫の君の邸から自邸の二条院への帰途の出来事で、この段がなくても本来の物語の展開には全く支障がありません。いわば帰途の寄り道という程度の、余計な一場面が挿入された形になっていて、無くもがなの一段とも言えるものです。

ところが、この部分について、室町期の『源氏物語』の注釈書『弄花抄《ろうかしょう》』（牡丹花肖柏）は、次

のように注記しています。

此事、物語のかざり也。これ又大切事也。誰ともなし。

現代の私たちが、物語の展開上余計な部分だと思っていた所を、古注は「物語のかざり」と言い、「大切事也」として注目しているのです。

それではここに言う「物語のかざり」とは、どういうことでしょうか。以下、この「かざり」について考えてみましょう。

さて、右の「若紫」の一段について、『源氏物語』の他の注釈書はどう記しているでしょうか。同じ室町期の『一葉抄《いちようしょう》』（藤原正存）を見ますと、この部分の「二かへりばかり」の注として、次のように記しています。

昔はかやうの哥をもうたひし也。此人誰ともなし。物語のかざり也。まことのけさうもおかしかりぬべきおりなるに、おさなき人のもとより帰給ふが無念なればかける也。是又おもしろき事也。

右の注記にも「物語のかざり」という語句が見られますが、続いて「まことの懸想もをかしかりぬべき折なるに、幼き人の許より帰り給ふが無念なれば書ける也」と説明していることは注目に値することです。つまり源氏は幼少の紫の君のもとで一夜を明かしたのですが、もとより本当に情を交わしたわけではありませんので、物足りない気持ちで朝帰りして来ます。折から霞が一面にたちこめ、霜は白く置いて、まさに本当に契りを交わして帰る後朝《きぬぎぬ》のような風情《ふぜい》ですので、源氏の気持ちは何とも所在なく、そのやるせない心情が、おのずとかつての忍び所の門を叩かせた、というわけです。

このように解すれば、さきに無くもがなと思われたこの寄り道の場面も、実は暁方の源氏の満たされない心情の表現として、まことに有効な一段と言えるでしょう。

この点は、三条西源氏学の主要注釈書『細流抄《さいりゅうしょう》』（三条西公条）の「立ちとまり」の歌の注も同様で、

此はかなき草の戸さしにはさはるべきと覚侍らず。御心ざしあらば立とまり給へと也。此段物語のかざりにて奇妙也。いまむなしく帰り給道には何のよしもあるまじきを、此事をかきいだしたる筆者の妙こゝもとにありぬべし。

と、この一段を「物語のかざりにて奇妙（すぐれている）也」と褒め、「筆者の妙こゝもとにありぬべし」と、最高に賞揚しています。
また、九条稙通の『孟津抄《もうしんしょう》』には、

此事物語の余情にかく也。大事事也。誰ともなし。

とあって、同じ場面を「物語の余情」と言っており、ここでは「かざり」と同様の意味で「余情」という語句を用いています。

二

以上の「若紫」の巻の一段とほぼ同様な例が、「花散里」の巻にも見いだされます。「花散里」の巻は、「賢木」と「須磨」の間にあるきわめて短い巻ですが、その中に次のような一段があります。少し長文ですが示しておきましょう。

何ばかりの御よそひなくうちやつして、御前などもなく、忍びて中川のほどおはし過ぐるに、ささやかなる家の木立などよしばめるに、よく鳴る琴をあづまに調べて掻き合はせ賑はしく弾きなすなり。御耳とまりて、門近なる所なれば、すこしさし出でて見入れたまへば、大きなる桂の樹の追風に祭のころ思し出でられて、そこはかとなくけはひをかしきを、ただ一目見たまひし宿なり、と見たまふ。ただならず。「ほど経にける。おぼめかしくや」と、つつましけれど、過ぎがてにやすらひたまふ。をりしも郭公鳴きて渡る。催しきこえ顔なれば、御車おし返させて、例の、惟光入れたまふ。

　をち返りえぞ忍ばれぬほととぎすほの語らひし宿の垣根に

寝殿とおぼしき屋の西のつまに人々ゐたり。さきざきも聞きし声なれば、声づくり気色とりて御消息聞こゆ。若やかなるけしきどもしておぼめくなるべし。

　ほととぎす言問ふ声はそれなれどあなおぼつかな五月雨の空

ことさらたどる、と見れば、「よしよし、植ゑし垣根も」とて出づるを、人知れぬ心にはねたうもあはれにも思ひけり。

源氏は麗景殿の女御と、その妹の三の君（花散里）を思い出して、五月雨の晴れ間にその邸を訪れます。途中、中川のあたりの小家の前を通りますと、琴の音が聞こえて来ます。源氏はふとかつて一度だけ逢った女の家であったことを思い出して、素通りも出来なくなり、歌を詠み入れる、という場面です。

この一段について、古注は「ただひとめ見給ひし」の注として、次のように記述しています。

・此段又この時のにほひに書る也。若紫の巻に行過がたきとうたひしごとし。（『一葉抄』）

・此家誰ともなし。源氏のかねて逢給ひし人なるべし。此段又此時のにほひにかける也。若紫の行すぎがたきとうたひし時のたぐひなるべし。（『弄花抄』）

・此家誰ともなし。源のかねて通給し所なるべし。此段又にほひにかける也。若紫巻に行過がたきとうたひし時のたぐひなるべし。花散へ出むの道中川にてのこと也。それも源のたまさかにかよひ給所也。此巻にはじめていだせり。（『孟津抄』）

右の諸注は、それぞれに継承上の影響関係があると思われますが、三書とも「にほひ」という言葉を用い、その趣がさきの「若紫」の巻の一段と同じ類である由を注しています。

また室町最末期の『源氏』の諸注の集大成『岷江入楚《みんごうにっそ》』（中院通勝）には、『花鳥余情』や『秘抄』を引いて、

花 花ちる里へ出給ふみち中川にての事也。これも源氏君たまさかにかよひ給ふ所也。此巻にはじめていひいだせり。

秘此家誰ともなし。源のもとかよひ給ひし人なるべし。此時の余情にかき侍る也。若紫巻に行過がたきとうたはせたる時の類なるべし。

と記しており、前の三書が「にほひ」と評した部分を、ここでは「余情」と言っています。この「余情」は、さきの「若紫」の注で『孟津抄』が用いた言葉ですし、またこの「花散里」の一段を「にほひ」と評した諸注も、この部分が「若紫」の一段と同様な趣向であることを指摘していますので、要するに、「かざり」「余情」「にほひ」の三者は、それぞれの古注においてほぼ同様な意味あいで用いられていると認めてよいでしょう。

三

ところで、この「花散里」の巻は、一巻すべてが「かざり」と言えるのではないでしょうか。「賢木」の巻の末では、源氏と朧月夜との密会が右大臣に発見され、弘徽殿の女御方ではよい機会とばかり源氏の政界放逐を画策します。そのような周囲の情況を受けて、「須磨」の巻では源氏自ら須磨へ退去することを決意して人々に別れを告げ、須磨へ下ることになるのですが、この間の「賢木」から「須磨」への物語展開は連続していて、「花散里」の巻がなくても全く支障はありません。年立《としだて》（物語の年表）の上からも、「賢木」は源氏二十五歳の夏までですが、「花散里」も二十五歳の五月末の事柄で、「賢木」の巻末と全く同時の、いわゆる並びの巻となっています。

これについて、『岷江入楚』は、「花散里」の巻頭に次のように注しています。

或抄さか木の巻に隠居の本立はあり。此巻は余情にかけり。隠居のあらましありてやがて須磨へうつろひあれば余情なき故なるべし。又須磨より京へをとづれなどし給ふべきおもひ人のたぐひの為也。

すなわち、源氏が須磨へ退去しなければならない事情は、「賢木」の巻に十分書かれており、そのまますぐに「須磨」に続いても支障はないのだが、それでは余情がないので、この「花散里」の一巻を物語の余情として書いたのだと説明しています。また源氏が須磨に行ってから、しかるべき都の愛人たちに消息を贈りますが、その一人として花散里を位置づけるために、源氏との交渉を記した巻であるとも解しています。

実際、花散里という女性は、『花鳥余情《かちょうよせい》』にも「此巻にはじめていひ出だせり」と指摘されていますように、この「花散里」の巻で初めて登場する女性ですので、『岷江入楚』後半の解釈も、そのことを考え合わせての意見だと思われます。

それはともかく、この「花散里」の一巻を「余情」の巻と見る前半の注は、看過できないものです。

父桐壺院の崩御、源氏が心から慕う藤壺の宮の出家、後見左大臣の引退、右大臣の六の君朧月夜との密会の露見と、源氏にとって全てに不利な情勢がつのる中での鬱々とした心情が、ふと麗景殿の女御という、父院の盛時の想い出に連なる女性への訪れを思い立たせ、その妹の三の君(花散里)との語らいに憂愁な気分を紛らわそうとしたわけです。

このような、須磨退去にまで追いつめられた源氏の憂鬱な心情を読み重ねることによって、短編ながらも「花散里」一巻は、須磨行きを前にした源氏の微妙な心奥の表現として、にわかに光彩を帯びてくると思われます。『岷江入楚』が、「此巻は余情にかけり」と評するゆえんも、そこにあるのです。

四

「明石」の巻には、物語の展開の中でのほんの一こまの部分を、古注で「かざり」と指摘している例があります。

君はすきのさまやと思せど、御直衣奉りひきつくろひて、夜ふかして出でたまふ。御車は二なく作りたれど、ところせしとて御馬にて出でたまふ。惟光などばかりをさぶらはせたまふ。やや遠く入る所なりけり。道のほども四方の浦々見わたしたまひて、思ふどち見まほしき入江の月影にも、まづ恋しき人の御ことを思ひ出で聞こえたまふに、やがて馬引き過ぎて赴きぬべく思す。

秋の夜のつきげの駒よわが恋ふる雲ゐをかけれ時のまも見む

とうち独りごたれたまふ。造れるさま木深く、いたき所まさりて見どころある住まひなり。

源氏が播磨《はりま》の入道の誘いを受けて、八月十三夜に、入道の娘（明石の君）のいる岡辺《おかべ》の宿を訪ねて行きますが、その途中ふと都の紫の上のことを思い出して、「秋の夜の」の歌を独詠する場面です。

この一段の「やがて馬引き過ぎて」の注として、『弄花抄』『孟津抄』には、

京へ此まゝもゆかばやの心也。此詞幷に哥など、ここにてのかざりに書けり。えんなる事也。

と記しています。また『一葉抄』には、「秋の夜の月毛の駒よ」の歌の注に、

よものうら〳〵見わたし給てなど云より道すがらの景気歌のさまなど、こゝにてのかざりにかけり。えんなる事也。

とあって、ここにも「かざり」の指摘があります。

さらに『細流抄』には、同じく「秋の夜の」の歌の注の部分に、

都へあくがれて出たきのよし也。此段物語のかざりにかけり。やがて岡辺のやどの事をこそかき得べきを、此歌などをかける、物語の余情深き者也。

と説明していて、「物語のかざりにかけり」と注すると共に、「物語の余情深き者也」とも評しています。

播磨の入道の誘いに、源氏は馬で入道の娘のいる岡辺の宿をさして出かけて行きます。十三夜の月がはなやかにさし出た道すがら、明石の浦々の景色を愛し合う同士で見たいと思うにつけても、源氏はまず都にいるいとしい紫の上を思い出して、このまま馬を引き過ぎて都へ行ってしまいたいという気持ちになります。

この岡辺の宿への途中で紫の上を恋しく思い出す心情には、紫の上に対するせつない恋情の中

に、初めて入道の娘を訪ねるというささかの罪障意識も潜在していることでしょう。その点この途中の場面は、これから入道の娘に逢いに行こうとする源氏の心の微妙なゆらぎを捉えていると言えるでしょう。古注にも、物語の展開上はそのますぐに岡辺の宿のことを書いてもよいのに、このような歌などを詠《よ》む場面を書いているのは、余情が深いと賞賛していますように、この時の源氏の心情表現に深い余情を与えるものとなっているのです。

五

「葵」の巻にも、古注が「かざり」と指摘している例が見られます。ただしこれは装束の描写について言ったもので、これまでの文章例とは、少し趣が異なる例と思われます。

御禊の日、上達部など数定まりて仕うまつりたまふわざなれど、おぼえことに、容貌あるかぎり、下襲の色、表袴の紋、馬、鞍までみなととのへたり。とりわきたる宣旨にて、大将の君も仕うまつりたまふ。

右の例文は、朝顔の前斎院の御禊《ごけい》の日のさまを記したもので、前斎院の御禊の日、行列に供奉《ぐぶ》する上達部《かんだちめ》なども人数が定まっているのだが、今日はとくに人望があり、容姿の整った者ばかりを選んで、その上、下襲《したがさね》の色合いや表袴の模様、馬や鞍までも、みな立派に整えていた、とあります。

この部分の「下がさねの色うへのはかまもん馬くら」の注として、『岷江入楚』は、『花鳥余情』や『秘抄』の説を引いたあとに、

聞書、大かた法式あるうへにとりつくろひたるなるべし。物語のかざりにかきなせる也。

と注しています。『聞書』は、三条西実枝（三光院）からの中院通勝の聞き書きですから、この部分を「物語のかざり」としたのは、実枝の説と思われます。「法式ある上にとりつくろひたるべし」とありますように、御禊の供奉の上達部の人選には、人数、人望、容姿など、およその選定の法式があり、ことに選ばれた人々は、その上さらに下襲の色や表袴の模様や馬や鞍までも見事に整えていた、と書くことによって、供奉の上達部の立派さを、その人々の心用意までも含めて賞揚した結果になっています。「聞書」はそのような効果的表現となっている部分を、「物語のかざり」と言ったものと思われます。ただしこの部分の「かざり」の指摘は『岷江入楚』の「聞書」だけで、他の古注には見られません。

以上『源氏物語』の「かざり」について、「余情」「にほひ」などをも含めての用例をあげて見て来ましたが、それらはそれぞれの注釈書により、また物語の場面により、多少のニュアンスのずれはありますものの、その意味するところは、およその見当はつくでしょう。

それは、物語の展開の中で、一筋に物語の叙述を運ばず、別な場面、異なる情景を挿入することにより、本来の物語に深まりと奥行きをもたせる方法と考えられます。一見物語の寄り道とも思われる叙述が、実は本来の物語にふくらみをもたせ、物語の展開に豊かな肉付けを与えているのですが、それればかりではなく、時には登場人物の微妙な心奥のゆらぎまでも表出しうる有効な表現方法ともなり得ているのです。その点「かざり」は、すでに古注に指摘されているものではありますが、かなり高度な物語の叙述の方法として、現代においても再認識されるべきものと思われます。

なお「かざり」とほぼ同義に用いられています「余情」や「にほひ」については、今のところ「余情」は歌論上の用語を転用したものと見られますし、また「にほひ」は俳諧用語に関係があるかと思われます程度で、今後の考察に俟ちたいと思います。また「かざり」についても世阿弥の『風姿花伝』（花伝書）に、「歌道は風月延年のかざりなればもつともこれを用ふべし」などの用例が見られますが、ここでとり上げた「かざり」とは少し意味が違うように思われます。それらとの関連を含めて、さらに考察すべきことは多いのですが、ここでは一まず、『源氏物語』の表現方法としての「かざり」の紹介をいたしました。

〔3〕……登場人物の消滅と再生

『源氏物語』には、四百八十余人の人物が登場すると言われています。そのうちの主要人物については、従来もそれぞれの人物論をはじめ多くの考察がなされていますが、ただ一回ぐらいしか登場しないその場限りの人物については、当然のことながらほとんど取り上げられておりません。

しかしながら、それらの端役《はやく》とも言える登場人物の中には、物語の成立事情や構想に関わって、注目すべき人物も何人かいるようです。また現に主要人物として活躍しているものの中にも、初めはその場限りの人物として造形されたものもいるようです。

ここではこれらの一回限りの登場人物に注目して、長編物語成立の方法の一端をかいま見てみたいと思います。

なお、ここで一回限りの登場人物と言いますのは、その人物が文字通り物語の中に一回しか登場しないという意味ではありません。物語の初期構想において、その場限りに造形されたと思われる人物や、あるいはその後の物語の展開において、結果的にその場限りの設定になってしまった人物などをさすもので、これを仮に一回性人物と呼ぶことにします。場面性人物と呼称してもよいでしょう。

（1）一回性人物の消滅型

『源氏物語』の中で、ほとんどその場面だけにしか登場しない人物は大勢います。その意味では、一回性人物にあえて消滅型という呼称を与えることに疑問を持たれるかも知れませんが、ここでいう消滅型の一回性人物というのは、その場面における当該人物の役割上、その後の物語展開においても当然更なる活躍が期待されますのに、忽然と物語の上から姿を消してしまっている人物を言うのです。

しかし、その人物が以後の物語展開の中で活躍するかどうかの判別は、実の所容易ではありません。物語の読みようでは意見が分かれる場合もあるでしょう。その判定基準に確たるものはありませんが、あえて言うならば、物語中におけるその人物の重要度が目安となるでしょう。

①「桐壺」の巻の右大弁

「桐壺」の巻に、次のような叙述があります。

そのころ、高麗人《こまうど》の参れる中に、かしこき相人《さうにん》ありけるを聞こしめして、宮の内に召さむことは、宇多《うだ》の帝《みかど》の御誡《いましめ》あれば、いみじう忍びて、この皇子《みこ》を鴻臚館《こうろくわん》に遣はしたり。御後見《うしろみ》だちて仕うまつる右大弁の子のやうに思はせて率《ゐ》てたてまつるに、相人おどろきて、あまたたび傾きあやしぶ。

光君七歳の年、高麗人が来朝しましたが、その中に優れた相人（人相見）がいるというので、桐壺帝は若君の将来について観相させます。異国人を宮中に召すことは宇多帝の寛平御遺誡《かんぴょうごゆいかい》でいましめられたことですし、若君を皇子として見せれば相人が気を遣うかも知れないということで、身分を隠して臣下の子として鴻臚館《こうろかん》（当時の迎賓館）に連れて行くことにしました。

ここで光君の付き添いの親として選ばれたのが右大弁という人物です。「御後見《うしろみ》だちて仕うまつる」とありますので、これまでも光君の後見役を務めていたことが分かります。三歳の時に生母に死別し、六歳で母方の祖母を失った光君にとって、父の桐壺帝以外には全く血縁上の後見はなく、その故にこそ父帝は、東宮にも立てたい気持ちを断念して、この光君の行く末を案じているのです。このような中にあって、帝《みかど》のご意向で光君の親として付き添っていく右大弁の役柄は、決して軽いものではありません。今までも弘徽殿《こきでん》の女御《にょうご》方の勢力におもねらず、光君の後見として来ましたからには、桐壺帝の信任も殊のほか厚く、光君の親代りとして遜色ない人物であったと考えられます。右大弁という官職から推せば、あるいは光君の学問の師を務めていたのかも知れません。「弁もかしこき博士《はかせ》にて」とありますので、文章博士《もんじょうはかせ》であったらしく、高麗《こま》の相人と詩のやりとりをしていますので、その学力のほども察せられます。光君十二歳の元服《げんぷく》の折には、帝《みかど》の仰せを承って御前の折櫃物《おりびつもの》や籠物《こもの》を調進しています。

このように右大弁は、いわば光君の養育係、後見役で、側近の重臣ともいうべき人物ですが、それがこの「桐壺」の巻にしか登場せず、その後全く姿を見せないというのはどういうことでしょうか。もっとも「松風」の巻で源氏の桂院遊宴の折に歌を詠《よ》む「左大弁」や、「少女」の巻で夕霧の寮試《りょうし》の予行の時に召された「左大弁」を、この「右大弁」と同一人物と見る説もありますが、「桐壺」の巻の時点からすでに二十五年以上も経っていますので、これらを同一人物と見なすことは無理だと思います。

仮りそめにも皇子の親代りまで務めた後見役の重臣が、夕顔事件後の光君の大病の時も、瘧病《わらわやみ》で悩んでいた時も見舞いにも来ず、須磨流謫前後に政界から孤立して、あれほど憂愁に沈んでいた時にも慰めの歌一つ贈らず、全く姿を見せないのです。

一方、須磨の謫居で都を想いつつ孤愁に沈んでいる源氏の脳裏にも、この後見の右大弁のことは全くないようであり、やがて帰京して政界に復帰し、重んぜられてついには人臣を極める源氏の後半生においても、この右大弁は全く語られていません。

つまりこの右大弁は、「桐壺」の巻でかなり重要な役柄を負わされて造形されたにもかかわらず、後の巻々には継承されていないのです。一回性人物が消滅した例と見ることができるでしょう。

② 「桐壺」の巻の靫負《ゆげい》の命婦《みょうぶ》

「桐壺」の巻で、更衣《こうい》の実家へ弔問に遣わされる靫負の命婦という女官も、これと同様に考えられます。

野分だちて、にわかに肌寒き夕暮れのほど、常よりも思し出づること多くて、靫負の命婦といふを遣はす。

この「桐壺」の巻の著名な弔問の一段に登場する靫負の命婦は、弘徽殿《こきでん》の女御《にょうご》をはじめとする女御・更衣たちの嫉妬中傷のために、横死のように亡くなった桐壺の更衣の実家へ、桐壺帝の意を帯して特に弔問に遣わされたのですから、桐壺帝腹心の女官と考えてよいでしょう。帝《みかど》の正式な弔問使としては、すでに典侍《ないしのすけ》が派遣されたようですので、これは桐壺帝の私的な使いと考えられます。靫負という伺候名《しこうな》から、夫か父などの近親者が衛門府《えもんふ》の武官であったことが知られますが、命婦は五位程度ですから、中﨟の女官です。

この靫負の命婦が更衣の実家へ弔問に遣わされ、そこで母北の方に帝の仰せ言を伝え、亡き更衣を偲び、やがて帰参して復命するまでの部分は、「桐壺」の巻の中でも相当のスペースを割いて、一きわ情緒豊かに描かれている場面です。その重要な場面の主役とも言うべき命婦が、どういうわけか以後の物語には全く登場してこないのです。桐壺帝は「花宴」と「葵」の巻の間で朱雀《すざく》帝に譲位し、「賢木」の巻で崩御されますが、少なくとも桐壺帝の譲位あるいは崩御までは、この命婦《みょうぶ》も信任厚い側近の女官として奉仕していたでしょうから、それまでのどこかに顔を覗かせてもよいと思うのですが、その存在を示すような形跡は全くありません。

つまりこの靫負《ゆげい》の命婦も、「桐壺」の巻の里邸弔問の一段のためにのみ造形されて、後の巻には登場しないという点で、消滅型の一回性人物と認められます。

③「帚木」の巻の左馬《さま》の頭《かみ》・藤式部《とうしきぶ》の丞《じょう》

「帚木」の巻で、頭《とう》の中将とともに女性の品定めを論じる左馬の頭と藤式部の丞も、この雨夜《あまよ》の品定めの場面だけにしか登場しない人物です。

とりわけ左馬の頭は、「物定めの博士になりてひひらぎゐたり」とありますように、雨夜の品定めの大部分を一人でしゃべりまくっています。女の三階級の論からはじめて、中流女性の面白さを説き、理想の妻の少ないのを嘆き、夫婦間の寛容の大切さや知性の尊さを教え、芸能のたとえまでも持ち出して雄弁を振るっています。更に嫉妬深い指喰い女や、風流だが浮気な木枯女の体験談をも披露して、はてはその夜の女性論のまとめをするなど、さながら一座の主役を務めています。

この雨夜の品定めにおける左馬の頭の論は、若い源氏の脳裏にもきざみこまれたと見えて、「げにこれぞなのめならぬかたはなべかりけると、馬の頭の諌め思し出でて」「かの人々の言ひし葎の宿はかうやうなる所なりけむかし」（夕顔）などと、時折思い出してはいますが、当の左馬の頭は、雨夜の品定めの段以後は全く姿を見せません。この夜の品定め論で、若い源氏に中流女性の魅力を教えた左馬の頭の功は少なくありませんので、当然その後の源氏の忍び歩きなどに随従してもよさそうに思われるのですが、前掲の二ヶ所で源氏が思い出しているだけで、左馬の頭自身の登場はありません。

また、左馬の頭に比べるといささか影が薄いのですが、雨夜の品定めに同席して、博士の娘に通った文章生時代の体験を語った藤式部の丞も、以後の巻には全く登場しません。

雨夜の品定めの一段が、若い源氏の以後の恋愛生活にどれほど重要な役割を果たしているかを考えますと、この夜の品定め論を雄弁にリードした左馬の頭や同席の藤式部の丞が、以後の巻々に全く顔を出していないということは、やはり疑問とせざるを得ません。

これらの人物も、一回性人物がそのまま消滅してしまった例と考えるべきでしょう。

（2）一回性人物の再生型

ここにいう一回性人物の再生型とは、ある巻やある場面で、その時点においてはその場限りで造型されたと思われるのに、その後の物語の要請から再びとり上げられ、初期に登場した段階では予想もつかないような発展を示していると認められる人物のことです。

①玉鬘

「玉鬘十帖」のヒロイン玉鬘は、亡き夕顔の遺児という設定です。内大臣がまだ若かった頭の中将時代に、はかない女夕顔に生ませた子で、正妻の嫉妬にあって母娘ともに行方知れずになってしまったと、「帚木」の巻で頭の中将が涙ながらに述懐していますが、その述懐の中で、「幼き者などもありしに」「かの撫子《なでしこ》のらうたくはべりしかば」などと語られているのが後の玉鬘です。その後「夕顔」の巻で、夕顔亡き後、源氏が侍女の右近の打ち明け話を聞く中で、この「幼き者」が再び話題に上って来ます。

「幼き人まどはしたりと中将の愁へしは、さる人にや」と問ひたまふ。「しか。一昨年の春ぞものしたまへりし。女にていとらうたげになむ」と語る。「いづこにぞ。さとは知らせで、我に得させよ。あとはかなくいみじと思ふ御形見に、いと嬉しかるべくなむ」とのたまふ。

この時点ですでに源氏は、この「幼き人」を亡き夕顔の形見として育てたいと洩らしていますが、この気持ちは愛する夕顔を失った源氏としては当然のことで、作者はまだこの「幼き人」を、後の玉鬘物語に発展させようとは思っていなかったと思われます。その点この「幼き人」は、あくまでもいわゆる「帚木」三帖における一回性の造型と考えられます。

この「幼き人」が二十歳ほどの美女玉鬘として再び読者の前に登場するのは「玉鬘」の巻です。「玉鬘」の巻の冒頭は、「年月隔たりぬれど飽かざりし夕顔をつゆ忘れたまはず……」と書き出されますが、これは「末摘花」の巻の冒頭に「思へどもなほあかざりし夕顔の露に後れし心地を、年月経れど思し忘れず……」とありますのと、ほとんど同じ書き出しです。「末摘花」の巻は夕顔に死別したほぼ半年後の春頃から書き出されていますので、昨年秋に夕顔を亡くした源氏の哀惜の心情が尾を引いていることは分かりますが、十七年も経た後の「玉鬘」の冒頭が、同じような夕顔を思う心情で書き出されていますのは、いかにも不自然ではないでしょうか。続いて夕顔の遺児がいかにして今日の美女玉鬘に成長したかを苦心して語っていきます。そのため巻の構成としては珍しく十七年前に遡って、現在に至るまで遠い筑紫《つくし》で成長したとすることで、過去と現在の大きな懸隔をうまく埋めています。しかし十七年も前に乳母《めのと》とともに筑紫に下った幼児を、どのように六条院に連れ戻すかが難問で、そのため作者は大夫《たゆう》の監《げん》の強引な求婚を逃れて上京したとし、長谷観音の利生《りしょう》で偶然に右近に出会ったとするなど、この再会には相当に無理をした苦心の跡がうかがわれます。

このように見て来ますと、玉鬘は一回性人物の「幼き人」が再生された姿と考えられますが、再生して六条院世界に仲間入りしてからも、更に鬚黒《ひげぐろ》の妻に落ちつき大勢の子どもを生むなど、思いがけない変貌をとげていくのです。

②花散里

六条院の夏の御殿を与えられた花散里のような重要人物を、一回性人物の再生型の例としてあげますと、意外に思われるかも知れませんが、この女性の初出を考えますと、やはりこれも再生型の人物と考えることができます。

麗景殿《れいけいでん》の女御《にょうご》と聞こえしは、宮たちもおはせず、院かくれたまひて後、いよいよあはれなる御有様を、ただこの大将殿の御心にもて隠されて過ぐしたまふなるべし。御おとうとの三の君、内裏《うち》わたりにてはかなうほのめきたまひしなごりの、例の御心なれば、さすがに忘れたまはず、わざともてなしたまはぬに、……

桐壺院の女御であった麗景殿の女御は、御子も居らず、院の崩御後は源氏の庇護のもとに過ごしていたとあります。桐壺院の後宮といえば、こぞって源氏の母桐壺の更衣《こうい》を嫉妬していたはずですが、院の崩御後源氏の庇護下に甘んじて過ごす女御もいたわけです。桐壺の更衣に同情した数少ない女御であったのでしょうか。いずれにせよこのような麗景殿の女御の登場自体、唐突で不自然な感は免れないでしょう。またその妹の三の君についても、かつて宮中で源氏とはかない逢瀬をかわした仲で、その後源氏は忘れもしないが特別の扱いもしないでいたとあります。このようなことは今までの物語には記されていないことで、過去にそのようなことがあったことを遡って語る表現方法（遡及《そきゅう》表現といいます）ですが、このような姉妹を突然登場させた作者の意図は、他ならぬ桐壺院の治世の懐旧の情を描くためと思われます。

しかも花散里という呼称は、はじめは姉妹が住む邸《やしき》をいうのであって、もとより人物をさすのではありません。「近き橘の薫りなつかしく匂」うその邸で、女御を相手に桐壺帝の在世のころの昔話をしていますと、ほととぎすが鳴きますので、「橘の香をなつかしみほととぎす花散里をたづねてぞとふ」と源氏がよみかけます。言うまでもなく「五月待つ花橘の香をかげば昔の人の袖の香ぞする」を下に踏まえた歌で、この巻の名の由来ともなった歌です。このような女御との懐旧の一段が終わって、源氏が西おもてに移り、そこで妹の三の宮に会うのですが、この巻ではこの部分は末尾にほんのつけたしの程度に語られているだけです。

この花散里の呼名は、「須磨」「明石」の巻々でも姉妹の居所をさす名として用いられていますが、それが妹の三の君に限定して使われはじめますのは「澪標」の巻あたりからです。以後麗景《れいけい》殿《でん》の女御《にょうご》は物語の表面からは消え、もっぱら花散里の呼称は妹の三の君の固有名詞として用いられるようになります。

このような呼称の変遷をたどっても、「花散里」の巻における麗景殿の女御とその妹の三の君は、源氏が政治的に孤立した時期にあって、かつての桐壺院時代の懐旧の情を描くために一回的に造型された人物と認めることができるでしょう。古注はこの巻そのものを、物語の展開は「賢木」から「須磨」に直結しているが、その間に置かれた「かざり」の巻であると指摘して、この小さな巻にそれなりの意義を見出だしています。

その「かざり」の巻の中の妹の三の君だけが、かつて源氏とほのかな逢瀬をもったという縁で物語の主流に呼び戻され、やがて花散里の呼名を与えられて、後には六条院の夏の御殿に住み、夕霧や玉鬘の後見をするような重要な女性に再生されていくのです。

③明石の上

源氏の愛妻の一人明石の上は、後に中宮になる姫君を生んで、源氏の栄華に大きく関わった重要な女性ですが、その物語の初出は、意外にも「若紫」の巻の源氏の従者良清《よしきよ》の話の中に出て来ます。

瘧病《わらわやみ》の加持《かじ》のために北山に出かけた源氏は、気分も少しよくなって、後方の山に出て京の方をご覧になります。絵心のある源氏はその美しい景色をまるで絵のようだと感じ入っておりますと、良清が播磨《はりま》の明石の浦のゆったりとした景色の話をしたついでに、播磨の入道の経歴などを語り、その娘に代々の国司が求婚したが入道の気位が高くて高貴な人の結婚を望んでいる、などという話をしましたので、若い源氏はこの娘に関心を持ったのでした。この娘が後の明石の上で、この時から九年後、源氏は須磨に退去し、夢告で明石に移って、この播磨の入道の娘に会うことになるのですが、その時この明石の君は十八歳、このことは入道の話の中に「住吉の神を頼みはじめたてまつりてこの十八年になりはべりぬ」とありますので明らかです。この年源氏は二十七歳ですから、九年前の「若紫」の巻の源氏十八歳の時に良清から聞いた明石の娘は九歳ということになります。良清の話では代々の国司が求婚したというのですから、少なくともこの娘は結婚適齢期に達していることになり、年齢が大きく喰い違ってしまいます。

これは、「若紫」の巻で、その場限りに良清が話した明石の娘、つまり一回性人物を、「明石」

の巻で不容易に再生した結果、年齢上に齟齬《そご》を生じてしまったのではないでしょうか。

　このような、再生した明石の上の年齢上の間違いに、作者が気付いていたかどうかは分かりませんが、もし気付いたとしても、「若紫」の巻がすでに読者の間に広まってしまっていればその訂正は不可能ですので、そのままにするほかはなかったでしょう。

　明石の上の一回性人物の再生の過程には、物語の成立過程の問題も大きく関わっているものと思われます。

(3) 一回性人物の意味するもの

　以上、一回性人物と思われるものについて、その消滅型・再生型のほんの数例をあげてみましたが、このような例に入る人物は、もちろん他にも見出だされます。

『源氏物語』の登場人物の中に、このようないわば首尾一貫性のない人物が散見されるということは、一体どう解すべきでありましょうか。思うにこれには物語の成立事情に絡まる種々の事情が含まれていると考えられます。

　当時の長編物語が、短編から長編への過程を経て成立したらしいということは、今日の物語史研究が示唆する成果です。『源氏物語』もその例外でないとすれば、初期の構想によって登場して来た人物が、長編化に伴なう構想の転換や発展によって、消滅したり復活再生したりすることも十分にありうるでしょう。ことに長編化に当たって、すでに執筆を終えた巻々との整合性・継承性を意識した時、前巻の物語展開の中では場面性の充実のためにのみ登場させた人物でも、それを再び呼び戻し活用して、前巻との結びつきを確保する方法がとられたものと思われます。前述の玉鬘・花散里・明石の上など、一回性人物の再生型は、いずれも僅かなきっかけを捉えて復活再生させた例と考えられます。これらとは反対に、作者がかなりの期待をこめて造型した人物でも、その後の物語展開の事情によって活躍の場を失ったり、忘れ去られてしまっている人物も少なくありません。前述の右大弁・靫負《ゆげい》の命婦《みようぶ》・左馬の頭などは、それぞれの登場場面の重要性から推して、更に活躍を予想させる人物ですのに、物語世界から消えてしまった消滅型の例と考えられます。

しかしながら『源氏物語』の登場人物の中には、消滅型とも再生型とも判断しかねる中途半端に造型された人物も存在します。作者が途中まで描いて来たのにどういうわけかそれ以上の発展を放棄したり、反対に唐突に登場して重要な役割を演じている人物がそれですが、前者は消滅型とするにはいささか寿命が長いし、後者は再生型と呼ぶにはもとになるきっかけがありません。

例えば、須磨に謫居の源氏を沖合から見舞う筑紫《つくし》の五節《ごせち》の君などは、かなり長い間源氏の思い出の中に生きており、源氏は引き取って子供の後見にでもしようかとさえ思っていますが、それ以上の発展はありません。また「紅梅」の巻で匂宮が心惹かれる宮の御方も、蛍宮と真木柱との間の姫君という系譜上の設定や、「もの恥ぢを世の常ならずしたまひて」「心ばへけはひ埋もれたるさまにはあらず、愛敬づきたまへること、はた人よりすぐれたまへり」などの性格付けから推量しても、「宇治十帖」でもう少し活躍しそうに思われますが、「紅梅」の巻以降にはほとんど登場しません。

これらはある程度書きこまれていますので、消滅型とはいい難いでしょう。おそらく構想の転換、あるいは読者の反応等々の事情で、作者が十分に描き切れないで終った人物と考えられます。あえて言えば未発達型とでも称すべき人物造型です。

その反面、「橋姫」の巻で薫の出生の秘密を知る唯一の女房として登場し、「宇治十帖」でもかなり活躍する老女の弁の君は、その人物紹介を大きく遡って以前の物語との整合性・継承性を保とうとしていますが、その遡及《そきゅう》によって語られる事実は物語の中に全く存在しません。弁の君自らの述懐によりますと、柏木臨終の際に自分が遺言を聞き、密通の手紙まで託されたと言って、薫の面前にそれをさし出しますが、そのようなことは、柏木の臨終前後の「若菜下」の巻や「柏木」の巻のどこにも記されていません。それればかりか、そこには弁の君なる女房そのものの存在さえもないのです。これは作者が物語展開の必要から、薫の出生の秘密を知る唯一の女房として、新しく造型した結果でありましょう。弁の君の自己の来歴を語る述懐が紆余曲折して冗舌ですのも、この人物の造型の際の作者の苦渋が感じられます。この弁の君の場合、少しでも「柏木」の巻あたりで顔を出していれば、その再生として説明がつきますが、全く存在しない人物を物語の必要から突然新しく登場させているわけで、新造型とでもいうべき人物造型です。

このように見て来ますと、『源氏物語』の人物造型には、成立事情、物語内部の要請、あるいは作者の意図、読者の要望等々が絡まって、さまざまな場合があり、決して同列には扱えないことが分かるでしょう。

ただ一回性人物に関していえば、とかく成立の問題を含む「桐壺」や、成立事情に関わる「帚木」「夕顔」「玉鬘」などの玉鬘系の諸巻に心なしか問題とすべき人物が多く見られるようです。このことは、一回性人物の更なる追求と分析が、長編物語の成立事情の解明に、何らかの手がかりを与えるよすがとなり得ることを示唆するものではないでしょうか。

[4]……『源氏物語』の短文表現

『源氏物語』の文章が、接続助詞を巧みに用いて、連綿と続いていくところに大きな特色があることは、広く知られています。ところが、その息の長い文章を読み進めていく中で、時折、意外に短い文章に出会うことがあります。長文の間に突然さしはさまれた短文ですので、読者はおのずからそこに立ち止まらざるを得ません。

一連の文章の中で、あるいは物語の展開の中で、その短文の意味するものは何でしょうか。もし作者がそのような短文を意図的に用いて、何らかの効果を期待したものとすれば、この短文表現は、『源氏物語』の表現方法の一つとして認めることができるでしょう。また、もし作者にそのような意図がなかったとしても、結果的にそのような短文表現に何らかの効果があると認められるならば、それはやはり表現方法の一つとして、容認してもよいと思われます。

以下、この『源氏物語』の短文表現について考えてみましょう。

（1）

「桐壺」の巻に、次のような一節があります。

かしこき御蔭《かげ》を頼みきこえながら、おとしめ疵《きず》を求めたまふ人は多く、わが身はか弱くものはかなきありさまにて、なかなかなるもの思ひをぞしたまふ。御局《みつぼね》は桐壺《きりつぼ》なり。あまたの御方々を過ぎさせたまひて隙《ひま》なき御前渡《おほむまへわた》りに、人の御心《みこころ》を尽くしたまふもげにことわりと見えたり。（桐壺）

桐壺の帝《みかど》の寵愛を一身に受けた桐壺の更衣が、そのために弘徽殿《こきでん》の女御《にょうご》をはじめ多くの人々から嫉妬され、帝の庇護にすがりながらも次第に病弱になり、もの思いに沈みがちになっていく状況を述べた後に、突然「御局は桐壺なり。」という短文がはさみこまれています。この「AはBなり」という形は、言うまでもなく主語述語だけのもっとも簡潔な文であるだけに、強い響きをもっています。読者はこの一文によって、はじめて帝の寵愛を受けているか弱い更衣の局が桐壺であったことを知らされ、その意外さにある種の驚きをもったことと思われます。桐壺（淑景舎《しげいしゃ》）――そこは後宮《こうきゅう》の東北隅に位置し、南西にある帝の日常の御殿の清涼殿《せいりょうでん》からはもっとも遠く、しかも鬼門《きもん》に当たる方角でもあったのです（内裏図参照）。

桐壺の更衣が清涼殿へ参上退下《たいげ》なさるには、他の女御更衣が住まわれる後宮の殿舎を幾つも通り過ぎなければなりません。淑景舎《しげいしゃ》（桐壺）↓宣耀殿《せんようでん》↓常寧殿《じょうねいでん》↓弘徽殿《こきでん》↓清涼殿《せいりょうでん》、あるいは、淑景舎（桐壺）↓昭陽舎《しょうようしゃ》（梨壺）↓麗景殿《れいけいでん》↓承香殿《そぎょうでん》↓清涼殿という道筋を思い浮かべる読者もいたかも知れません。「御局は桐壺なり」の短文は、まさにこの桐壺の、帝の御座所からはもっとも遠く、不便かつ不吉な後宮における位置の確認を、読者に改めて要請したものといえるでしょう。したがってこの短文の直後には、いくばくかの間合いが存在します。その間における読者の桐壺の位置の確認を受けて、

あまたの御方々を過ぎさせたまひて隙《ひま》なき御前渡《おほむまへわた》りに、人の御心《みこころ》を尽くしたまふもげにことわりと見えたり。

とある一文がより有効に響いて来ますし、

参上《まうのぼ》りたまふにも、あまりうちしきるをりをりは、打橋《うちはし》、渡殿《わたどの》のここかしこの道に、あやしきわざをしつつ、御送り迎への人の衣《きぬ》の裾《すそ》たへがたくまさなきこともあり。また、ある時には、え避《さ》らぬ馬道《めだう》の戸を鎖《さ》しこめ、こなたかなた心を合はせてはしたなめわづらはせたまふ

内裏図

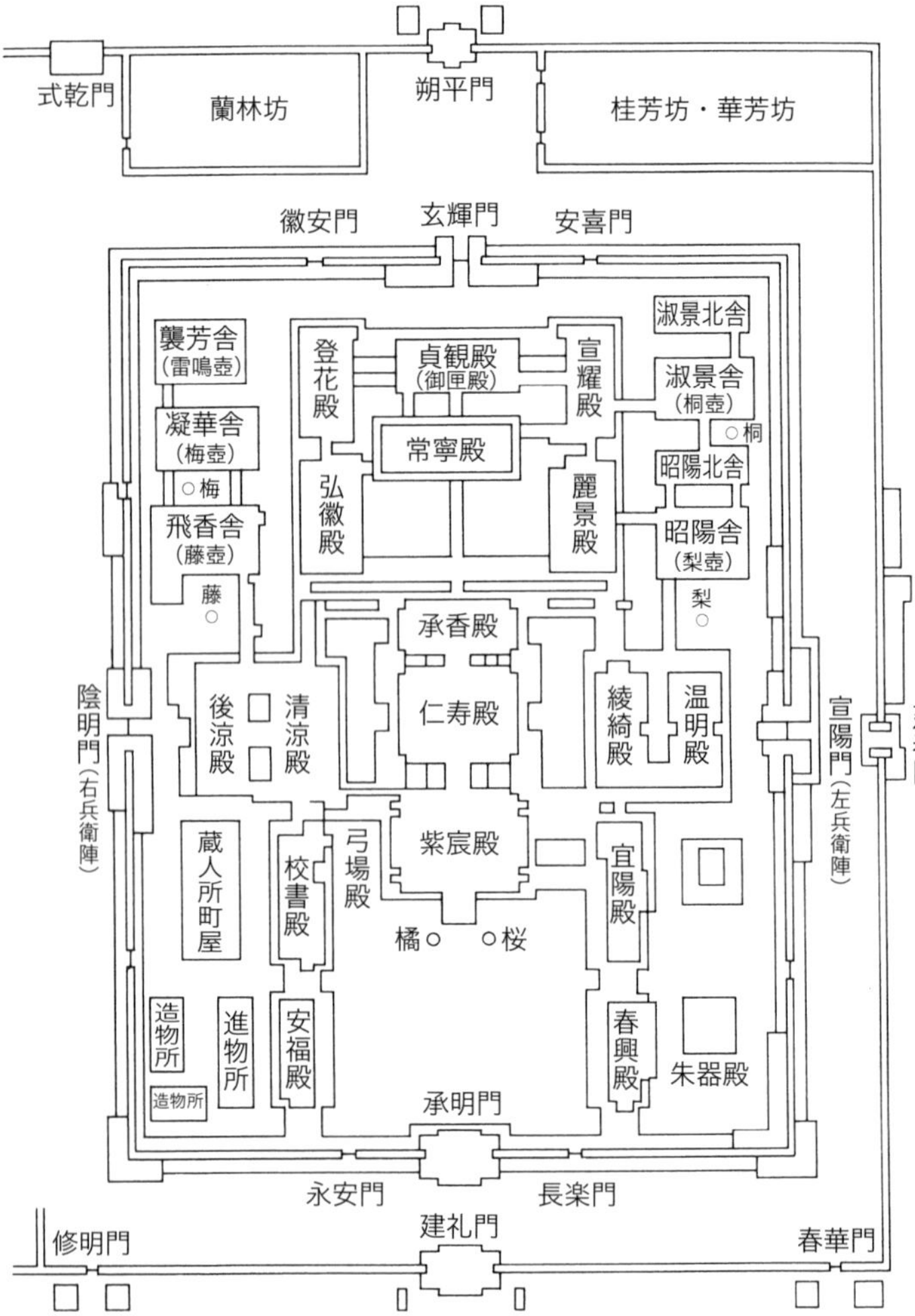

＊承香殿より北、後宮七殿五舎

時も多かり。

といういやがらせの具体的叙述も、当然あり得べきこととして生彩をおびてくるでしょう。

このように見て来ますと、短文ながら「御局は桐壺なり」の一文は、むしろ短文なるが故にその意味するところは重く、またきわめて大きな効果を発揮していることが知られるのです。

（2）

次に「帚木」の巻の例を見てみましょう。

「いとかくうき身のほどの定まらぬありしながらの身にて、かかる御心ばへを見ましかば、あるまじきわが頼みにて、見直したまふ後瀬《のちせ》をも思ひたまへ慰めましを、いとかう仮《かり》なるうき寝のほどを思ひはべるに、たぐひなく思うたまへまどはるるなり。よし、今はな見きとなかけそ」とて、思へるさまげにいとことわりなり。おろかならず契り慰めたまふこと多かるべし。鶏《とり》も鳴きぬ。人々起き出でて、「いといぎたなかりける夜かな」「御車引き出でよ」など言ふなり。

（帚木）

右は「帚木」の巻の後半、源氏が紀伊守《きのかみ》の中川の邸《やしき》で初めて空蟬と契った直後の場面です。源氏の強引な振る舞いに、不本意ながらついに従ってしまった女の悔恨やる方ない述懐を聞いて、源氏は初めて女の深刻な苦悩を知り、心から同情して慰めます。叙述はその慰めの内容までには踏みこまず、「慰めたまふこと多かるべし」と推量表現を用いて、読者の想像に寄託していますが、ここには源氏の懇《ねん》ごろにあれこれと慰め続けているかなり長い時間が含まれているでしょう。女への同情がいつしかいとしさに変容していく源氏の心情と、悔悟し懊悩しつつも、次第に身を寄せていく空蟬の無意識な陶酔とが、この時空には漂っていると思われます。この推量表現によって生じた甘美な時空を破るかのように、「鶏《とり》も鳴きぬ」という一文が置かれる時、この短文のもつ効果は決して小さいものではないでしょう。「鶏も」と併列の「も」を用いて、すでに夜明けの風情《ふぜい》が若い二人の周囲に漂いはじめていることを感知させています。言うまでもなく夜明けを告げる鶏鳴は、古来相逢う男女の別れの時の合図です。プライベートな夜の時間の終焉を知らせ、男女の愛の語らいの時空を、余儀なく日常の次元に引き戻します。この鶏鳴を境として、次に「人々起き出でて……」とありますように、供人たちも起き出し、話し声が聞こえ、日常の時間が確実に動き出して行くのです。源氏にとっては、いつまでも尽きせぬこの夜の未練を、空蟬にとっては、あらがいながらもついに行き着いてしまった夢幻の感慨を、共に止むをえず断ち切らなければならない鶏鳴なのです。このように読んで来ますと、「鶏も鳴きぬ」の短文は、この場面にあって、やはり重く響いていると言うことができるでしょう。

（3）

御心地かきくらし、いみじくたへがたければ、かくあやしき道に出で立ちても、危《あや》ふかりしもの懲《ご》りに、いかにせむと思しわづらへど、なほ悲しさのやる方なく、ただ今の骸《から》を見では、またいつの世にかありし容貌《かたち》をも見むと思し念じて、例の大夫《たいふ》、随身を具《ぐ》して出でたまふ。道遠くおぼゆ。十七日の月さし出でて、河原《かはら》のほど、御前駆《さき》の火もほのかなるに、鳥辺野《とりべの》の方《かた》など見やりたるほどなど、ものむつかしきも何ともおぼえたまはず、かき乱る心地したまひて、おはし着きぬ。（夕顔）

右は「夕顔」の巻の一節です。八月十六日の夜、某院で突然怨霊に祟られて死んでしまった夕顔の亡骸《なきがら》を、惟光の弄走でともかくも東山の小寺に運びこみ、源氏自身は惟光に言われるままに呆然の体で二条院に戻ったのでしたが、もうこれで愛する女とは会えないのかと思うと矢もたてもたまらず、惟光の許しを得て、もう一度夕顔の亡骸に会いに行きます。恐ろしい死の穢《けが》れに触れることもいとわず、夜深い賀茂川堤を、東山の某寺を目ざしてひたすら馬を早めて行く主従。もとより人に見咎められてはならない内密の行動です。とにかく早く逢いたい、そして夜が明けぬうちに戻らなければならない、気ばかりせいて馬の足どりさえもどかしく感じる源氏です。「道遠くおぼゆ」の短文は、そのような源氏主従の心情を、まことに見事にずばりと集約しているといえるでしょう。これも実に重い短文と認められます。

（4）

「紅葉賀」の巻の次の一節にも、まことに意味深い短文表現があります。

この御事の、十二月《しはす》も過ぎにしが心もとなきに、この月はさりともと宮人も待ちきこえ、内裏《うち》にもさる御心まうけどもあり。つれなくてたちぬ。御物の怪《もののけ》にやと世人《よひと》も聞こえ騒ぐを、宮いとわびしう、このことにより身のいたづらになりぬべきことと思し嘆くに、御心地もいと苦しくてなやみたまふ。中将の君は、いとど思ひあはせて、御修法《みずほふ》など、さとはなくて所どころにせさせたまふ。

（紅葉賀）

右は藤壺の宮の出産に関する部分です。出産の予定は十二月でしたが、その十二月を過ぎてもその徴候が見られません。いくら延びても一月には必ずあるだろうと、藤壺付きの女房たちもひたすら心待ちにし、宮中でもそのつもりでいろいろと準備を整えています。しかしそのような周囲の待機の態勢の中で、自然の摂理は冷淡にも何の反応も見せず、とうとう一月も過ぎてしまいました。「つれなくてたちぬ」はまさにこのことの表現です。この間の時の経過を誰よりも辛く恨めしく感じていたのは、言うまでもなく本人の藤壺でありましょう。あの源氏との密事はちょうど初夏の頃、六月には懐妊三ヶ月とありましたから、十二月にはまだ月が満ちません。あるいはこのことで源氏との秘密が露見してしまうのではないかという、深刻な不安にさいなまれ続けての一ケ月なのでした。

やがてこの尋常でない遅延に世間も不審を抱き、物の怪《け》の仕業ではないかと騒ぎ出します。それを聞くにつけても藤壺は耐えがたい思いで気分もすぐれず、人知れず苦悶を続けるばかりです。源氏もこの出産の延引で、藤壺の懐妊がはっきりと自分の故であることを悟りますが、諸寺に加持祈禱をさせるにしても、表向きは藤壺のためではないように気を遣うという用心深さです。

やがて二月十日過ぎ、源氏の罪の子、後の冷泉帝が誕生しますが、藤壺や源氏は勿論のこと、藤壺周辺の人々や世人までも含めて、この出産遅延の一ケ月余りの心情は、それぞれに複雑微妙であったといえましょう。物理的時間の流れはそのような人情に関わりないことは自明なことですが、その時の経過を「つれなくて」と形容したところに、この間の人々の複雑な心情を読みとることができるでしょう。「つれなくてたちぬ」の短文がもたらす時空の広がりは、なかなかに意味深長なものがあると考えられます。

（5）

もう一例、今度は少し滑稽な短文表現を紹介しましょう。「末摘花」の巻にある次の一文です。

見ぬやうにて外《と》の方《かた》をながめたまへれど、後目《しりめ》はただならず、いかにぞ、うちとけまさりのいささかもあらば、うれしからむと思すも、あながちなる御心なりや。まづ、居丈《ゐだけ》の高く、を背長《せなが》に見えたまふに、さればよと、胸つぶれぬ。うちつぎて、あなかたはと見ゆるものは鼻なりけり。ふと目ぞとまる。普賢菩薩《ふげんぼさつ》の乗物とおぼゆ。あさましう高うのびらかに、先の方《かた》すこし垂《た》りて色づきたること、ことのほかにうたてあり。（末摘花）

昨年の八月十六日の夜、突然怨霊のために愛人夕顔を失った源氏は、その面影が忘れられずにいましたが、大輔《たいふ》の命婦《みょうぶ》という少し軽薄な女房から、亡き常陸《ひたち》の宮の姫君が零落して寂しく暮らしていると聞き、興味をそそられます。やがて命婦の手引きで姫君の琴を聞き、ようやく姫君に逢うことができましたが、むやみに引込み思案で、話しかけても返事はせず、どうしたことかと不審に思います。それでも源氏は一縷《いちる》の望みを抱いて、打ち解けて少しでも見まさりする所があったらと思っています。そして一夜の契りの後の雪の朝、やっと姫君の顔を見ることができました。その時源氏の目に入った末摘花の容姿が、この文章です。

まず坐高が高く、胴長に見えますので、「やっぱり」と源氏はかすかな期待もなくなって胸のつぶれる思いです。続いてまあ見苦しいと思われたのは鼻でした。まるで普賢菩薩が乗っているシャム象のようにその鼻は長く伸びていて、しかも先の方が垂れて赤く色づいているのです。これに思わず目をとめた源氏の唖然《あぜん》とした顔、もうあきれて言葉も出ません。「ふと目ぞとまる」の短文は、まさにその時のあきれて唖然としている源氏の顔が、まざまざと浮かんでくるような表現ではないでしょうか。この短文が伝える表現世界は、なまじの長文では尽くされないものがあるでしょう。

（6）

以上『源氏物語』の文章表現の中で、短文ながら、いやむしろ短文ゆえに、かなり重要な意味効用をもつものについて検討してみました。もとより『源氏物語』の短文がすべて意味深く重い表現であるとはいえませんが、一見見過ごされがちな短文が、物語場面の中で、意外に大きな効力を発揮している例も少なくありません。それらの短文を、ここでは『源氏物語』の表現方法の一つとして位置づけ、「短文表現」と呼んだわけです。

次の文中に見られる傍線部分の短文も、同様にその意味効用はかなりの比重をもっていると考えられますので、「短文表現」と認めてよい例と思われます。

○……身の上も知られたまはず添ひ臥して、「やや」とおどろかしたまへど、ただ冷えに冷え入りて、息はとく絶えはてにけり。言はむ方なし。頼もしくいかにと言ひふれたまふべき人もなし、……　　（夕顔）

○悔やしきこと多かれど、かひなければ、明けゆく空もはしたなうて出でたまふ。道のほどいと露けし。女もえ心強からず、なごりあはれにてながめたまふ。　　（賢木）

○……大きなる桂《かつら》の樹《き》の追風に祭《まつり》のころ思し出でられて、そこはかとなくけはひをかしきを、ただ一目見たまひし宿なりと見たまふ。ただならず。「ほど経にける。おぼめかしくや」とてつつましけれど、過ぎがてにやすらひたまふ。　　（花散里）

○夜もすがらまどろまず、文作りあかしたまふ。さ言ひながらも、ものの聞こえをつつみて急ぎ帰りたまふ。いとなかなかなり。御土器《かはらけ》まゐりて、「酔《ゑ》ひの悲しび涙そそぐ春の盃《さかづき》のうち」ともろ声に誦《ず》じたまふ。　　（須磨）

○入道の宮、春のはじめより悩みわたらせたまひて、三月にはいと重くならせたまひぬれば、行幸などあり。「……口惜しくいぶせく過ぎはべりぬること」といと弱げに聞こえたまふ。三十七にぞおはしましける。されどいと若く盛りにおはしますを、……　　（薄雲）

○……いたく嘆く嘆くゐざり出でたまへり。さればよ、なほけ近さは、とかつ思さる。かたみにおぼろけならぬ御みじろきなれば、あはれも少なからず。東《ひむがし》の対《たい》なりけり。辰巳《たつみ》の方《かた》の廂《ひさし》に据ゑたてまつりて、……

○……恨みても泣きても、よろづのたまひ明かして、夜深く率《ゐ》て帰りたまふ。例の抱きたまふ。（若菜上）

「いみじく思すめる人はかうはあらじよ。見知りたまひたりや」とのたまへば、……（浮舟）

以上ほんの数例をあげたのみですが、『源氏物語』の中にはこのような効果の大きい短文もあるということを紹介しました。

日常何気なく読み過ごしている短文ですが、実はこのような深い意味効用を意識して、もっとしっかりと読むべき短文もあるのです。ここではこれらを新たに「短文表現」と呼んで、『源氏物語』の表現方法の一つとして認めようというわけです。

〔5〕……『源氏物語』の遡及表現

（1）遡及《そきゅう》表現とは

『源氏物語』は長い物語ですから、ある人物や事柄について、ずっと後になってから、昔のことを物語ったり、遡って説明を加えたりしているところがあります。本来ならばその過去の初出の時点で、その人物なり事柄なりが十分に語られていて、それを受けて後に語るのならばよく分かるのですが、その過去の時点では全く触れずに、後になってこんな事柄があったとか、こんな経歴の人物であったとか、説明を追補する形で語っているのです。

したがって読者は、そこで初めて過去にこんなことがあったのか、この人物はこんな経歴をもっていたのか、という新しい情報を得るわけです。作者は物語の展開上の必要から、新しく過去の情報を付加しているものと考えられますが、結果として過去に遡って物語を増補している形となっています。

このような、過去に遡って語っている文章表現を、ここでは『源氏物語』の表現方法の一つと認めて、遡及表現と呼ぶことにしたいと思います。

以下、この遡及表現について、幾つかの具体的な例をあげて説明していきましょう。

(2) 宇治の八の宮と立太子争い

「橋姫」の巻は、「宇治十帖」の始めの巻で、その冒頭に宇治の八の宮について、次のような紹介があります。

そのころ、世に数まへられたまはぬ古宮おはしけり。母方などもやむごとなくものしたまひて、筋ことなるべきおぼえなどおはしけるを、時移りて、世の中にはしたなめられたまひける紛れに、なかなかいとなごりなくて、御後見《うしろみ》などももの恨めしき心々にて、かたがたにつけて世を背き去りつつ、公私《おほやけわたくし》に拠りどころなくさし放たれたまへるやうなり。（橋姫）

母の出自のよさから重視されて、皇太子にもなるべき親王と噂されていたが、時勢の変化で世間から冷遇され、見捨てられたようになったと、政変の犠牲者としての八の宮を紹介しています。八の宮がその政変に巻き込まれたことについては、更に後段に次のように具体的に記されています。

源氏の大殿《おとど》の御弟、八の宮とぞ聞こえしを、冷泉院《れいぜいゐん》の東宮《とうぐう》におはしまし時、朱雀院《すざくゐん》の大《おほ》后《きさき》の横さまに思しかまへて、この宮を世の中に立ち継ぎたまふべく、わが御時、もてかしづきたてまつりたまひける騒ぎに、あいなく、あなたざまの御仲らひにはさし放たれたまひければ、いよいよかの御次々になりはてぬる世にて、えまじらひたまはず、……（橋姫）

冷泉院が東宮でいらした時、弘徽殿《こきでん》の女御が東宮を廃してこの八の宮を擁立しようとしたが、結局不首尾に終わり、対抗した源氏方の世になってからは、見放されたようになってしまった、というわけです。

つまり、源氏方と弘徽殿の女御方との東宮争いという大きな政争に巻き込まれて敗北したというのですが、それではこのような政変が今までの物語のどこに書かれていたでしょうか。

冷泉帝が東宮に立った時とありますから、物語の年立《としだて》（物語の展開を年表にしたもの）をたどってみますと、「花宴」から「葵」の巻にかけての頃と分かります。この二巻の間はちょうど一年の空白がありますが、この間に桐壺帝が譲位され、朱雀帝が即位し、藤壺腹の皇子（後の冷泉帝）が立太子しておりますから、まさにこの間にさきの大きな政争があったことになります。しかし物語はこの間に一年の空白を置いているだけで、そのような政争については一言も触れておりません。

つまり読者はこの「橋姫」の巻の八の宮の経歴によって、初めて半世紀近く前の立太子争いのことを知らされたということになります。遠く時代を遡って過去の事柄を語っているということで、遡及表現と言えましょう。見方を変えれば、遡及表現は、後になって過去の物語世界を増補拡充する効果もあるのです。

(3) 老女弁《べん》の役割

同じ「橋姫」の巻に、薫の出生の秘密という重大事を彼に伝える重要な役割を持つ弁という老女房が登場します。彼女は、薫の実父柏木との関係を、まず次のように語っています。

かの権大納言の御乳母《めのと》にはべりしは、弁の母になむはべりし。朝夕に仕うまつり馴れはべりしに、人数にもはべらぬ身なれど、人に知らせず御心よりはた余りけることを、をりをりうちかすめたまひしを、今は限りになりたまひにし御病の末つ方に召し寄せて、いささかのたまひおくことなむはべりしを、聞こしめすべきゆゑなむ一事はべれど、……　（橋姫）

右によりますと、弁の母は亡き柏木の乳母だったので、その縁で自分も朝夕柏木に馴れ仕えていたが、時々柏木が心に余ることなどを語り、臨終の折には側《そば》近くに呼んで遺言もあった、その中にぜひお耳に入れなければならないことが一つある、というのです。

その折に薫の出生の秘事を裏付ける遺品も預ったことは、後に弁が、

○御覧ぜさすべき物もはべり。今は焼きも棄てはべりなむ。（橋姫）

○我はなほ生くべくもあらずなりにたりとのたまはせて、この御文をとりあつめて賜はせたりしかば、（橋姫）

などと言っていますので、知ることができます。

しかしこのように柏木の臨終の際に弁が枕元近くに呼ばれて遺言を聞き、大切な遺品までも預ったということは、今まで語られていたでしょうか。

柏木の臨終を語った「柏木」の巻では、女三の宮付きの女房小侍従が、もっぱら柏木との間をとりもっており、柏木の乳母はこの小侍従の叔母ではありますが、弁の母とは記されていません。それどころか、柏木の臨終に際して立ち合ったり歎いたりしているのは、親友の夕霧や、父の大臣と母北の方をはじめ弘徽殿の女御、雲居の雁、玉鬘などの妹たちで、乳母の子の弁などは全く姿が見えません。

その弁が、自らの過去を振り返って、柏木の臨終の際に遺言を聞き、遺品を預ったと言ってい

るのです。これは「橋姫」の巻において、薫の出生の秘密を知る重要な人物としての古女房弁を造型するに当たり、過去に遡って柏木の遺言を聞き遺品を預ったということを改めて付加して、弁の重要性を高めていると考えられます。

遡及表現の大きな効用と認められる用法です。

（4）源氏と藤壺の初度の過失

「若紫」の巻で、藤壺の宮が病気で里邸に退出する場面があります。源氏はせめてこの機会にでもと、藤壺付きの女房王命婦《おうみょうぶ》をせかせて、ついに藤壺と逢うことができました。

いかがたばかりけむ、いとわりなくて見たてまつるほどさへ、現《うつつ》とはおぼえぬぞわりなきや。宮もあさましかりしを思し出づるだに、世とともの御もの思ひなるを、さてだにやみなむと深う思したるに、いと心憂くて、いみじき御気色なるものから、……（若紫）

右はその折の描写ですが、ここに「宮もあさましかりしを思し出づるだに」（以前の思いも寄らなかった出来事を思い出されるのさえ）とあり、「さてだにやみなむと深う思したるに」（せめてあのことだけでやめたいと深く思っていたのに）とあって、この二人の逢瀬が初めてではないことを示しています。つまり以前にもこのような人目を憚る逢瀬があり、藤壺はせめてあれだけにしておきたいと深く思っていたのに、またしてもこんなことになってしまって、と後悔しながらも源氏の愛を受け入れているのです。

それでは、源氏と藤壺との初度の交渉は、いつのことだったのでしょうか。それは当然源氏が成人した以後でしょうから、十二歳で元服して葵の上と結婚した後、なおも源氏の藤壺を慕う気持ちは、立派に修築した里邸に「かかる所に思ふやうならむ人を据ゑて住まばや」(こんな所に理想通りの人を住まわせて一緒に暮らしたいもの)と思い続けていた頃、巻でいえば「桐壺」巻末から「帚木」にかけての頃と推定されます。

この間は、物語の年立《としだて》の上では、源氏十三歳頃から十六歳頃までの空白の期間となっていますが、もし源氏と藤壺との初めての逢瀬があったとしたら、まさにこの期間こそもっとも適していると考えてよいでしょう。

しかし物語の現状は、この間は空白で、そのような重大事はどこにも書かれていません。つまり「若紫」の巻で藤壺が、以前にも過失があったことをほのめかしていることで、読者は初めて過去にそのようなことがあったことを知らされたわけですから、これも遡及表現と認めてよいと思われます。

ただし、この「若紫」の巻の藤壺の初度の過失への言及は、実際に「桐壺」の巻の末にそのようなことが語られていたのを受けたもの、と考える立場もあり、現存の「桐壺」の巻は後に新たに書き改められたものと見る「桐壺巻後記説《きりつぼのまきこうきせつ》」の論拠の一つにもされていますので、この立場からすれば遡及表現ではないことになります。なお「桐壺巻後記説」については、本書第2部第1章『「桐壺」の巻は初めの巻？』で述べましたのでご参照下さい。

（5）朝顔の斎院《さいいん》との出合い

桃園《ももぞの》の式部卿《しきぶきょう》の宮の姫君朝顔の斎院は、早くに源氏から慕われつつも容易には靡かない女性として描かれていますが、その出合いはいつ頃かはっきりせず、物語にも語られていません。ただ「帚木」の巻に、かつて源氏が朝顔の花を贈ったことがあったことを伝えています。

　式部卿の宮の姫君に朝顔奉りたまひし歌などを、すこし頬《ほほ》ゆがめて語るも聞こゆ。くつろぎがましく歌誦《ず》しがちにもあるかな、なほ見劣りはしなむかしと思す。（帚木）

源氏が紀伊守《きのかみ》の邸《やしき》に方違《かたたが》えに行った時、そこにいる空蟬《うつせみ》付きの若女房たちが源氏の噂話をしているのを聞いていますと、源氏が式部卿の姫君に朝顔をさし上げた時の歌なども、少し文句を間違えて語っています。その軽薄さに源氏は女主人の空蟬もやはり見劣りがするだろうと推量したのでした。

右のように、空蟬の女房たちの噂話によって、読者は過去に源氏が式部卿の宮の姫君に朝顔を歌につけて贈ったことがあったと知るのですが、このことは以前の物語には語られていません。この時姫君からの返歌があったかどうかも分かりませんが、常識的には朝顔を詠《よ》みこんだ返歌があったと考えるべきでしょう。この一件によってこの姫君を朝顔の姫君と呼称していることからも、この朝顔をめぐる贈答は、印象的で優雅なものであったと考えられます。

源氏と朝顔の姫君との交渉がどれほど深かったかは知るすべもありませんが、朝顔が斎院を退《たい》下《げ》した時の記述に次のようにありますのは少し気になります。


斎院は御服《ぶく》にておりゐたまひにきかし。大臣《おとど》例の思しそめつること絶えぬ御癖にて、御とぶらひなどいとしげう聞こえたまふ。宮、わづらはしかりしことを思せば、御返りもうちとけて聞こえたまはず。（朝顔）

右に「思しそめつること絶えぬ御癖」（一度でも逢った女は捨てることのない心長い性格）とあり、「宮わづらはしかりしことを思せば」（姫宮は以前のわずらわしかったことを思われるので）とありますのは、一度だけ情交をもったとも受け取れます。しかし源氏が朝顔の斎院に、

かけまくはかしこけれどもそのかみの秋思ほゆる木綿襷《ゆふだすき》かな

「あの昔の秋が思い出される」と詠《よ》んで贈ったのに対して、朝顔の返歌は、

そのかみやいかがはありし木綿襷《ゆふだすき》心にかけてしのぶらむゆゑ

「その昔はどういうことであったのか」と、源氏のいう過去の関係をはぐらかしているところもありますので、実際のところは判断できません。以後も何かにつけて朝顔の源氏に対する態度は冷淡ですので、源氏との関係は深くはなかったと一般には考えられていますが、斎院という立場を考えての応対もあるのではないかと思われます。

「朝顔」の巻で、この巻の巻名の由来ともなった贈答歌の源氏の歌に、

見しをりのつゆ忘られぬ朝顔の花の盛りは過ぎやしぬらむ

とあります上句の「見しをりのつゆ忘られぬ」（昔逢ったことが少しも忘れられない）は、「朝顔の露」と、「見しをり」で情交を暗示していると考えられますが、これに対する姫君の返歌は、

秋はてて露のまがきに結ぼほれあるかなきかにうつる朝顔

とあって、朝顔をはかない花として自分の運命をかたどっているに過ぎません。どうも源氏からの歌には情交を暗示し、朝顔の返歌はそれを否むという形が多いようです。

結局のところ源氏と朝顔との出合いに逢瀬があったかどうかは不明とするよりほかはありませんが、源氏が式部卿の宮の姫君に朝顔の花に歌をつけて贈ったという優雅な振る舞いは、後に源氏が「そのかみの秋思ほゆる」と詠んでいるように、源氏にとって忘れがたい出合いであったことは確かです。

そしてその過去のことを、読者は源氏が立ち聞いたという空蟬の侍女たちの噂話から知ったということになりますので、これも遡及表現と考えてよいでしょう。

（6）近い過去への遡及表現

以上の宇治の八の宮の経歴や、老女の弁の回想などは、かなり昔に遡っての、いわば大がかりな遡及表現でしたが、中には近い過去にこんなことがあったと読者に知らせている小さな遡及表現もあります。

①夜の衣の交換

「夕顔」の巻で、夕顔が怨霊に祟られて死去した後、惟光《これみつ》の計らいで秘かにその遺骸を東山の某寺に運びこみますが、源氏はこのまま会えないで終わってしまうかと思うとたまらずに、惟光に懇願して夕顔の亡骸《なきがら》に会いに行きます。次の文はその帰途の様子を記したものです。

道いと露けきに、いとどしき朝霧に、いづこともなくまどふ心地したまふ。ありしながらうち臥したりつるさま、うちかはしたまへりしが、わが紅の御衣の着られたりつるなど、いかなりけむ契りにかと道すがら思さる。（夕顔）

露の一面に降りた朝霧の中を、呆然として帰途につく源氏。今会って来た夕顔の生前のままの亡骸には、昨夜お互いが取り替えてうちかけてあげたご自分の紅の単衣《ひとえ》が、そのままかけられてありました。源氏にはそれがどういう前世の因縁なのかと、改めて道々思われるのです。夕顔の白蠟のような白い顔、流れる黒髪、それに紅の単衣と、見事な色彩のコントラストがいつまでも源氏の瞼に残ったのでした。

この男女がお互いの着衣を取り替えて寝るということは、もっとも深い愛情を示す風習ですから、昨夜源氏と夕顔も、睦まじく深い愛を語らって寝についたものと思われますが、「夕顔」の巻の昨夜の時点には、そのようなことは全く語られておりません。読者はここの「うちかはしたまへりしが、わが紅の御衣の着られたりつる」という表現で、初めて昨夜そのような深い愛の睦び合いがあったことを知り、改めて源氏の夕顔への愛情の深さに感動するのです。昨夜の出来事への言及という、近い過去への遡及表現と認めてよいでしょう。

②某院の家鳩《いえばと》の声

同じ「夕顔」の巻で、夕顔が亡くなった後、紅葉の色づく晩秋の夕暮れに、源氏はしんみりと夕顔のことを思い出す場面があります。

夕暮れの静かなるに、空のけしきいとあはれに、御前の前栽《せんざい》枯れ枯れに、虫の音《ね》も鳴きかれて、紅葉やうやう色づくほど、……かの夕顔の宿《やどり》を思ひ出づるも恥づかし。竹の中に家鳩《いへばと》といふ鳥のふつつかに鳴くを聞きたまひて、かのありし院にこの鳥の鳴きしを、いと恐ろしと思ひたりしさまの面影にらうたく思ほし出でらるれば、……（夕顔）

右に、竹の中に家鳩が鳴くのを源氏がお聞きになって、あのかつての某院にこの鳥が鳴いたのを、夕顔がひどく恐ろしいと思っていた様子が、面影となってかわいく思い出されるので、とありますが、前の某院の記述には、梟《ふくろう》の鳴き声はありましたが家鳩は出て来ません。その梟も、夕顔が死んだ後のことですから、その声で夕顔が恐ろしがったことなどもありません。

ですからここの傍線の部分の表現も、読者がこれによって夕顔が某院で家鳩が鳴いたのを恐ろしいと思っていたという新しい知見を得るわけで、夕顔の死の直前に遡って語っている点、遡及表現と見るべきでしょう。

③横笛の伝来

「横笛」の巻で、亡き柏木の遺愛の笛が親友の夕霧に渡されます。しかし実はこの笛の相伝は誤っていたと、柏木が夕霧の夢に出て言いましたので、夕霧はその笛を父の源氏に見せますと、源氏はその笛の由来を次のように語ります。

その笛はここに見るべきゆゑある物なり。かれは陽成院《ようぜいゐん》の御笛なり。それを故式部卿《しきぶきやう》の宮のいみじきものにしたまひけるを、かの衛門《ゑもん》の督《かみ》は童よりいとことなる音《ね》を吹き出でしに感じて、かの宮の萩《はぎ》の宴せられける日、贈物《おくりもの》にとらせたまへるなり。（横笛）

この笛は陽成院の御笛で、それを亡き式部卿の宮がとても大切になさっておられたのを、あの柏木が子供の頃から上手に笛を吹くのに感心して、あの宮が萩の宴をなさった日に贈り物として柏木にお与えになった、というのです。

しかしここに見える陽成院の笛ということも、式部卿の宮の萩の宴などという記述も、これまでの物語には全く見えないことで、この源氏の笛の由来の語りによって読者は初めて知らされたことです。陽成院が史上の陽成天皇（八六八―九四九）、式部卿の宮がその弟の式部卿の宮貞保親王（八七〇―九二四）と見れば、これは史実と虚構をとりまぜての遡及表現ということになるでしょう。

以上、遡及表現について、遠い過去に遡って語る場合や、近い事柄に言及する例などをあげて説明しました。

物語は、過去から現在までのすべてを物語っているわけではありませんから、過去に語られなかったことを改めて遡って語ることは、決して珍しいことではありませんが、それを遡及表現として、特に文章の表現方法の一つとしてとり上げますのは、その表現に作者の特別な意図があると考えられるからです。

宇治の八の宮の場合は、「橋姫」以下で重要な役割を担う宇治の八の宮という新しく設定された人物の造型に当たって、作者はその経歴を改めて読者に示す必要があったと思われます。桐壺院の第八皇子であり源氏の弟である八の宮が、なぜ「世に数まへられたまはぬ古宮」（世間から人《ひと》数《かず》にも数えられなくなった古宮）となったかというういきさつの納得性のある説明がぜひ必要で、そのために、立太子争いによる敗北と孤立、京の宮邸の焼失などの、過去の連続した大きな不幸を改めて読者に知らせたわけです。

老女の弁の場合も、「宇治十帖」を通しての重要な人物で、ことに薫の出生の秘密という重大事を知る古女房弁の重要性は言うまでもありません。その弁が重大事を知り得た動機を、改めて遡って読者に示す必要があったわけです。「宇治十帖」において重要な弁の人物造型には必要な遡及表現と考えられます。

源氏と藤壺の初度の過失への遡及表現も、現在の逢瀬が二度目の罪であるという更なる過失の恐怖と悔恨の意識を高める効果が大きいといえましょう。

このように、過去の事柄を改めて遡って語ることに、作者が何らかの意図をもっている場合、それは単なる回想描写ではなく、遡及表現として『源氏物語』の表現方法の一つと認めることができると考えます。

〔6〕……草子地の諸相

『源氏物語』が、語りの姿勢で書かれていますことは、今更言うまでもないことで、他《ほか》ならぬ本書の現代語訳も、その語りの姿勢を十二分に活かして訳していますが、その語りの姿勢がもっとも色濃く表われている部分として、草子地《そうしぢ》と呼ばれる表現があります。

草子地という言葉は、あまり聞きなれないと思いますが、近年の新しい学術用語ではなく、すでに中世の『源氏物語』の古注釈書（古注釈書については第二冊「主要古註釈一覧」参照）の中に見える用語です。

今回は、この草子地についていろいろと考えてみたいと思います。

（1）草子地とは

室町時代の『源氏物語』の注釈書『細流抄《さいりゅうしょう》』は、三条西公条《きんえだ》が父実隆《さねたか》の講釈に自説を加えて著《あら》わした三条西源氏の集大成ともいうべき重要な注釈ですが、その中に次のような草子地の指摘があります。

○みだりがはしき　草子地　評して云也（桐壺）
○猶かかるありき　草子地也（空蟬）
○このほどの事くだ〳〵しければ　草子地也（夕顔）

また、

いとき丶にくき事　是は物語の作者の詞也（帚木）

のように、「作者の詞《ことば》」と言っているところもあります。他の古注釈書にも、「物語の作者の詞」（『花鳥余情《かちようよせい》』）、「紫式部の筆」（『弄花抄《ろうかしよう》』）、「批判の詞」（『孟津抄《もうしんしよう》』）などと、いろいろな表現で草子地の類を指摘していますので、草子地はかなり古くから注目されていたことが知られます。

それでは、この草子地は、物語の中でどのような表現を言っているのかといいますと、あまりはっきりしていないのです。注釈書によって草子地の指摘がまちまちで、このような表現が草子地であるという規定が、なかなか出来ないのです。草子地を考えていく上でこれでは困りますので、ここでは便宜的ではありますが、古注釈書の草子地例を勘案して、草子地とは何かという一応の概念規定を次のように定めてみました。

物語の地の文において、感想・注記・批評・説明など、物語の語り手（作者）が物語の表面に出て、直接発言している部分、あるいは読者を意識した語り手の姿勢が認められる部分を草子地という。

草子地は、語りの姿勢で書かれている物語の中でも、特に語り手の対読者意識が強く示されているという点で、大切な表現方法であると考えられます。なおここにいう語り手は作者の分身ですので、以下読者との対応から作者と呼ぶことにします。

それではこの草子地は、具体的にどんな形で、どのような用法や効用のものがあるのでしょうか。

以下、もう少し詳しく検討していきたいと思います。

（2）草子地の用法と類別

さて、草子地の概念を、一応以上のように規定して、『源氏物語』の中にその具体例を見ていきますと、それらは用法や性格の上から、およそ次の五類に大別することができます。

第一類　説明の草子地

第二類　批評の草子地
第三類　推量の草子地
第四類　省略の草子地
第五類　伝達の草子地

右の五類は、だいたい単独の形の草子地の分類ですが、このほかにこれらの用法が二つまたはそれ以上用いられた複合的な草子地も見いだされます。

以下、右の五類の草子地について、具体例をあげて説明していきます。

①説明の草子地

この類に属する草子地は、作者が物語の情景や人物の心情を、より分かりやすく読者に伝えようとして、一通りの叙述のあとに説明を加えたと思われるものです。読者を意識した時、今までの叙述に更に何らかの説明を付け加えなければおさまらない作者の気持ちが、その発生を捉したものと考えられますので、その点もっとも自然発生的なものといいうるでしょう。したがって、草子地を物語文学の表現の一技法と考えた場合、この説明の草子地は、技巧的には初歩的なものということができます。具体例を見てみましょう。

「須磨」の巻に、次のような場面があります。

前《さき》の右近《うこん》の将監《ぞう》、

「常世《とこよ》いでて旅の空なる雁がねも列《つら》におくれぬほどぞなぐさむ

友まどはしては、いかにはべらまし」といふ。親の常陸《ひたち》になりて下《くだ》りしにも誘はれで参れるなりけり。（須磨）

右は、光源氏が須磨で従者とともに歌を詠《よ》んだ場面で、この時伊予の介（空蝉の夫）の子の前の右近の将監も歌を詠んだのですが、この人物について作者は、父親が常陸の介《すけ》となって任国へ下ったのにも従わないで、源氏のお供をしてこの須磨まで来たのだったと、光源氏の須磨下りに随行して来た忠節ぶりを説明しています。前右近の将監の歌を披露した筆に続いて、この人物についての説明をわざわざ書き加えているわけで、特に「なりけり」と念を押すような調子は、作者の対読者意識が強く感じられますので、説明の草子地と認められます。

もう一例、

その頃、按察《あぜち》の大納言と聞こゆるは、故致仕《ちじ》の大臣《おとど》の二郎なり。亡せたまひし衛門《えもん》の督《かみ》のさ

しつぎよ。　（紅梅）

これは「紅梅」の巻の冒頭に見える紅梅大納言を紹介した一文です。ここでは一応紅梅大納言を「故致仕の大臣の二郎なり」今は亡き退任された大臣の二男です、と紹介しましたが、それだけでは読者の理解が不十分と見たのでしょうか、更に「亡くなられた衛門《えもん》の督《かみ》のすぐの弟ですよ」と、説明を付け加えています。亡くなられた衛門の督といえば、あの女三の宮事件を起こして悶死した柏木のことですから、読者の記憶にも新しいことです。ここでは特に呼びかけの助詞の「よ」までを用いて、読者の注意を喚起し、念を押している姿勢は、単なる説明として看過されやすいこの類の草子地の、対読者意識を明確に示している例として注目すべきものです。

以下も同様に説明の草子地と認められるものです。

○御子《みこ》二所おはするを、またも気色ばみたまひて、五月《いつつき》ばかりにぞなりたまへれば、神事などに言《こと》つけておはしますなり。　（若菜下）

（明石の女御の里邸退出を、懐妊のため宮中の神事を口実にして退出した、と説明する。）

○かくいふは、九月のことなりけり。　（玉鬘）

（玉鬘が六条院に迎え入れられた日を改めて確認する。）

○姉君二十五、中の君二十三にぞなりたまひける。（椎本）

（匂宮が関心を示す宇治の姉妹の年齢を改めて確認する。）

②批評の草子地

この類の草子地は、作者が物語中の事柄や人物の言動などに対して、何らかの批評的な態度をあらわしたものです。

作者が読者の側に立って物語に相対する時、そこにはおのずから善悪の批判や好悪の感情が生ずるでしょう。それをそのまま草子地として記しておくことは、すなわち読者のよき代弁者となりえているわけで、物語はスムーズに読者の共感を得ることができます。また反対に、この草子地を意識的に用いることによって、作者の意図する方向へ読者の意見や感情を集めることも可能なわけで、登場人物の性格付けや、場面のムード作りなどに、この類の草子地が大きな役割を果していることも少なくありません。その点この批評の草子地は、物語の表現技巧としてかなり高度のものということができるでしょう。

左の馬の頭《かみ》、藤式部の丞《じやう》、御物忌《ものいみ》に籠らむとて参れり。世のすきものにて、物よく言ひ通れるを、中将待ちとりて、この品々を弁《わきま》へ定めあらそふ。いと聞きにくきこと多かり。（帚木）

右は有名な「帚木」の巻の雨夜の品定めの一節で、傍線の部分は、その品定めについて、露骨で聞きにくいことが多いと、作者が批評を加えたものです。男女の間柄のことが話題に上ってくるので、当然読者が抱くべき批判的感情を予想して、作者が先廻りをしてさしはさんだ弁解であり、また同時に読者の側からすれば、それは彼らの批判の代弁としての共感的効用をも持っています。

律師《りつし》のいと尊き声にて「念仏衆生摂取不捨《ねんぶつしゅじゃうせつしゅふじゃ》」と、うちのべて行ひたまへるがいと羨ましければ、なぞやと思しなるに、先づ姫君の心にかかりて思ひ出でられたまふぞ、いとわろき心なるや。（賢木）

藤壺を慕うあまりのもの憂さを慰めるため、雲林院《うりんいん》へ詣でた光源氏は、折からの明け方の読経の声にふと出家を考えるまでになりますが、しかしすぐに愛する紫の上のことが心にかかって思い出されてきます。その光源氏の現世への執着の心を、実によくない御料簡だと批評しているのが傍線の草子地です。作者が光源氏の心を批判した言葉ですが、それはそのまま読者の声の代弁にもなっています。

批評の草子地の中で興味深いのは、作者が物語中の和歌に加えた草子地です。

物語の中でさまざまな人物が詠じる和歌は、原則としてすべて作者の手になったはずですが、それらは決して生地《きじ》のままの作者の歌ではありません。物語の情況や人物の心情に従って作り出された歌であり、作者は場面の情景や人物の性格によって、かなり意図的に作り出していきます。ですからそれらに加えられた批評も、当然意図的なものと考えられます。また、作者の対読者意識を考慮に入れますと、和歌批評の草子地には、自作の物語歌に対する自負や謙辞も含まれている場合もあると考えられます。読者の鋭い批評を予想した作者が、あらかじめ自らを批評しておけば、酷評を避けうるばかりではなく、読者の共感をも買うことができるわけです。

池の隙《ひま》なう氷れるに、

さえわたる池の鏡のさやけきに見なれしかげを見ぬぞかなしき

と思すままに、あまり若々しうぞあるや。（賢木）

右の傍線の部分は、光源氏の「さえわたる」の歌について、感じたままの歌で随分幼稚な調べであるよ、と作者が批評を加えたものです。この場面でとくに光源氏が幼稚な歌を詠むこともありませんから、この歌評は、自ら批評することによって、作者が描く理想の貴公子光源氏がこの程度の幼い詠《よ》み口なのか、と思うかもしれない厳しい読者の批評を避けているわけです。

次の諸例も批評の草子地と認められるものです。

○げに入りはててものたまへしかな。　（賢木）

（娘の部屋に入りきらずに話す右大臣を軽率と批判する。）

○世づかずうひうひしや。　（玉鬘）

（大夫の監の歌を無器用で初心だと揶揄《やゆ》する。）

○いとなめげなるしりうごとなりかし。　（若菜下）

（柏木が妻の女二の宮を軽視した歌を、無礼な蔭口だと批評する。）

③推量の草子地

この類に属する草子地は、作者が物語中の事柄や人物の言動・心情などを推し量っている姿勢を示すもので、その性格上、多くは推量の助動詞を伴っています。この草子地は、作者が物語世界を読者に近い次元から間接的に叙述しようとした所に生じたと考えられるもので、質的に間接叙法の性格を含んでいます。その間接的な推量表現の特性を活かせば、実際には読者の立場から推察できないような人物の細かい心情の説明や、朧写法のような高度の文章表現も可能です。

人よりはこよなう忍び申す中納言の君、いへばえに悲しう思へるさまを、人知れずあはれと思す。人皆しづまりぬるに、取り分きて語らひたまふ。これによりとまりたまへるなるべし。（須磨）

右は光源氏が須磨下りを前にして、別れを告げるために左大臣邸を訪問した所の一節です。左大臣や三位の中将らと語り合って夜も更《ふ》けましたので、源氏は左大臣邸に泊まりましたが、実は源氏はこの邸《やしき》の中納言の君という女房をひそかに愛しており、きっとこの女性故に泊られたのでしょう、と語り手は推量し説明しています。

西の対にも渡りたまはで、人やりならずもの寂しげにながめ暮らしたまふ。まして旅の空は、いかに御心づくしなること多かりけむ。（賢木）

右は斎宮《さいぐう》の伊勢下向に際し、六条御息所《みやすどころ》と歌の贈答があった後にある一文で、御息所と別れた源氏は紫の上のいる西の対にもおいでにならず、寂しくもの思いに沈んでいらっしゃる。まして伊勢下向の旅路にある御息所は、心の悩みがどんなにか多かったことでしょう、と疑問形式で御息所の胸中を推し量っています。この読者とともに推量しようとする作者の姿勢は、読者を物語の世界に誘引する一技法として有効な方法と考えられます。
次の諸例もこの類に属する草子地と認められます。
○御心のうちなりけむこと、いかで漏りにけむ。（花宴）
（藤壺の心の中のことがどうして漏れたのかと推量する。）
○御対面の程、さしすぐしたることどもあらむかし。（常夏）
（近江の君が女御と対面した時は、出過ぎたこともあろう、と、出仕のさまを読者の想像に任せる。）
○あはれなること、程々につけつつ多かるべし。（宿木）
（薫目あてに女三の宮への女房志願の多いこと、定めてしみじみしたことも、身分に応じて多いことであろうと推測する。）

④省略の草子地

この類に属する草子地は、本来物語中に叙述されるべき事柄を省略した結果、作者がその断り《ことわ》書きをしたものです。物語が写実を旨として貴族の世態風俗を精細に描写する時、その克明な叙述のくり返しやくだくだしさは、よほど表現に工夫がなされないかぎり、どうしても精彩を失ないがちになることは避けられません。省略の草子地は、それに気付いた作者が、読者を煩雑や倦《けん》怠《たい》から救うべく案出された一つの物語技巧です。

まことや、導師の盃のついでに、

　春までのいのちも知らず雪のうちにいろづく梅ぞ今日かざしてむ

御かへし

　千世の春見るべき花といのりおきてわが身ぞ雪とともにふりぬる

人々多くよみたれどもらしつ。（幻）

紫の上の一周忌をすませた哀傷の光源氏が、仏名《ぶつみょう》を営むにつけていよいよみずからの命の終焉の近いことを悟り、退出する導師と和歌を唱和する場面です。この時仏名に参会した人々もみな歌を詠《よ》んだが、それらはすべて書きもらした、という作者の省略の断《ことわ》り書きです。

かしこには、人々おはせぬを求め騒げどかひなし。物語の姫君の、人に盗まれたらむ朝《あした》のやうなれば、くはしくもいひつづけず。（蜻蛉）

朝になって浮舟の失綜を知った宇治の人々の狼狽ぶりを、物語の姫君が人に盗み出された朝のようだから、詳しいことは省略する、というのです。当時盛行していた物語類の中に、姫君が夜何者かに盗み出されて、翌朝大騒ぎをする場面があり、それがかなり有名で、読者一般にすぐ想起されるほどのものであったのでしょう。作者はその読者の既存の物語場面の印象に、浮舟失綜の朝の描写をゆだねて省略をしているわけです。

このように物語によく出る場面とか、行事・風俗などに関する定まったしきたり、あるいは読者が常識的に推察しうるような事柄、前に述べた内容と同様な叙述などについて、重複や煩雑さを避けるために、この省略の草子地はしばしば用いられています。

次の諸例も省略の草子地です。

○この程のこと、くだくだしければ例のもらしつ。　（夕顔）

（惟光が源氏を夕顔のもとへ通うようにさせたいきさつを省く。）

○女のえ知らぬことまねぶは憎きことをと、うたてあればもらしつ。　（少女）

（源氏の詩作をほめたあと、漢詩文は女の関知しえないこととして省略する。）

○このほどの儀式なども、まねびたてむにいとさらなりや。　（若菜上）

（明石の女御の男子出産後の産養の盛大さを読者の想像にゆだねて省略する。）

⑤伝達の草子地

この類の草子地は、物語の根源的な性格である伝誦性がもたらしたものと思われます。したがってその根底には、他の者に語り伝えるという意識をもっており、それが一定の昔語り的な形態を生み出しています。これらの昔語り的な伝達形態を、草子地として取り扱うことに疑問を抱くむきもありますが、昔物語の時代において、それが実際に物語られる場で、語り手によってつけ加えられた可動的な言辞ならばともかく、作者の対読者技巧として物語文学に取り入れられて定着したものであれば、それは作者の読者に対する一つの姿勢を示す物語技巧とし認められますので、やはり草子地として考えてよいと思われます。

誰もがよく知っている「桐壺」の巻の冒頭がその例としてあげられます。

いづれの御時にか、女御更衣《にょうごかうい》あまたさぶらひたまひける中に、いとやむごとなききはにはあらぬが、すぐれて時めきたまふありけり。（桐壺）

この「いづれの御時にか」については、従来も種々論じられており、伝統的な昔語りの冒頭形式を破った新趣向の起筆として高く評価する説もありますが、前述のごとく、古風な物語の「今は昔」や「昔」にすでに物語技巧としての価値が見いだされるからには、この『源氏物語』の起筆もその延長上のものとして解すべきでありましょう。これから展開される物語世界は、実は歴史上のどの天皇の御代であったかはっきりしないが、とにかく実際にあったことなのだ、というような、虚構の物語を事実めかそうとする意識がこの冒頭句からはうかがわれます。これは『竹取物語』や『うつほ物語』における「今は昔」や「昔」の書き出しが、過去の歴史上のある時期を仮借する虚構の事実化の意図をもっているのと同質と考えられます。

光る君という名は、高麗人《こまうど》のめで聞こえてつけ奉りけるとぞ、言ひ伝へたるとなむ。（桐壺）

「桐壺」の巻の巻末、光る君という名は高麗人がおつけ申し上げたのだと、昔の人が語り伝えているということだ、と結んで、「桐壺」全巻が昔からの語り伝えであるという形をとっています。実際に人から語り聞いた話であるというたてまえをとることによって、物語の虚構の事実化が図られていると考えられます。

次の傍線の部分も、伝達の草子地と認められます。

○その頃、按察の大納言と聞こゆるは、故致仕の大臣の二郎なり。（紅梅）

○まことや、かの惟光のかいま見は、いとよく案内見とりて申す。（夕顔）

○つれなき人よりは、なかなかあはれにおぼさるるとぞ。（帚木）

（3）『源氏物語』以外の物語の草子地

これまでは『源氏物語』に見られる草子地について、その類別や用法を解説して来ましたが、物語が語りの姿勢を本質とするからには、草子地は『源氏物語』だけではなく、他の物語にも認められます。

例えば『源氏物語』以前の物語『落窪物語』には、次のような説明の草子地が見いだされます。

少将、例の腹立ち給ひぬと見て、「何しにかは。いひ合はせ給ふ便なければ、しか申し侍るに、かくさいなむはいとこそ苦しけれ」とて立ちぬ。嬉しと夜昼喜べど、腹だに立ちぬればなほ癖にて、かくなむありける。（落窪・巻四）

右は、継母の北の方が、三の君の婿の蔵人の少将と、四の君の嫁ぎ先の帥《そち》の邸《やしき》へ行く話をしているうちに怒り出してしまい、少将が退散した所です。傍線の部分は、このように腹立つとすぐにやつ当たりする北の方の性癖について、語り手が解説を加えた草子地です。継母の立腹のさまを描写した後、その性情について説明を加え、読者の理解を助けており、継母の性格造型に役立っているといえるでしょう。

次は『源氏物語』以後の秀作『狭衣物語』です。

大将殿は、昼の御有様のみ心にかかり給ひて、御禊《みそぎ》する八百万代《やほよろづよ》の神も聞けもとより誰《たれ》か思ひ初《そ》めしと
と思《おぼ》すは、うしろめたき御兄《せうと》の心ばへなり。（狭衣・巻三）

斎院の御禊の日、車に乗りこむ優雅な斎院（源氏の宮）の姿を見て、狭衣は今更ながら後悔され、宮への思いを神に訴えて独詠をした所です。傍線の部分は、義兄である狭衣の心中を批評した語り手の言葉、批評の草子地です。

現存最古の物語とされる『竹取物語』には、機知に富んだ語源説明が多く見られます。

かの鉢を捨ててまたいひけるよりぞ、面なきことをば「はぢをすつ」とはいひける。（竹取）

右は仏の御石の鉢を持って来るようにいわれた石作《いしづくり》の皇子《みこ》が、にせ物と見破られて鉢を捨てた所にある一文です。「鉢を捨つ」に「恥を捨つ」を掛けた機知的な語源を解説している説明の草子地です。

以下も同様に『竹取物語』に見える語源を説明した草子地です。

○これを聞きてぞ、とげなきものをば「あへなし」といひける。
○「あなたへがた」といひけるよりぞ、世にあはぬことをば「あなたへがた」とはいひはじめける。
○それを見給ひて「あなかひなのわざや」とのたまひけるよりぞ、思ふに違ふことをば「かひなし」といひける。
○それよりなむ少し嬉しきことをば「かひあり」とはいひける。
○そのよし承りて士《つはもの》どもあまた具して山へのぼりけるよりなむ、その山を「ふじの山」とは名付けける。

歌物語といわれる『伊勢物語』にも、一段を語り終えた後に、説明や批評を加えた一文が数多く見られます。

○二条の后の、まだ帝《みかど》にも仕うまつり給はで、ただ人にておはしましける時のことなり。（三段　説明）
○二条の后の忍びて参りけるを、世の聞こえありければ、兄《せうと》たちの守らせ給ひけるとぞ。（五段　説明）

○ゐなか人のことにては、よしやあしや。（三十三段　批評）
○おもなくていへるなるべし。（三十四段　推量）
○至は順《したがふ》の祖父《おほぢ》なり。みこの本意《ほい》なし。（三十九段　説明）

このように草子地は、語りの文学である物語には、語り手の対読者意識がもっとも色濃く表われている表現として数多く見出だされますが、その中にあって『源氏物語』の草子地は、やはり技巧的にかなり高度なものであることは看過できません。

例えば省略の草子地について見ますと、『うつほ物語』では、

○これよりしもにあれど書かず。（蔵開上）
○みな人よみ給へれど書かず。（蔵開下）
○こと人々もよみ給へれど、さはがしくて聞かず。（楼の上上）

などというように、極めて簡略に省略したことをことわっているだけですが、『源氏物語』の場合は、次のように趣向をこらしています。

さるべき所々に御文ばかりうち忍び給ひしにも、あはれ忍ばるばかりつくり給へるは見所もありぬべかりしかど、その折の心地の紛れにはかばかしうも聞きおかずなりにけり。（須磨）

光源氏の須磨出発に際して、しかるべき女性たちには密かに手紙を出されたが、その中にも哀切深く懇ろにお書きになったのは、見るかいもあったに違いないのに、その時の悲しさにとりまぎれて、はっきり聞いておかずに終わってしまった、といっています。つまり光源氏の側近に侍した女房の発言というたてまえをとっており、その女房も悲しさにとりまぎれて、はっきり聞いておかなかったので、見所の多い手紙の内容を披露できないといっているのです。非常に手のこんだ省略の草子地といえるでしょう。

「草子地」についての研究は、まだ十分に為されているとはいえない現況ですが、以上『源氏物語』の草子地を、その用法・性格などから私なりに五つに分類し、例をあげて説明しました。

これらを通覧してまず知られることは、『源氏物語』に用いられている草子地が、実に多様であるということです。それは作者の読者に対する心遣いが、予想以上に細やかであることを物語るものと思われます。しかも物語技法として高度の部類に属すべきものが多いということは、作者の創作技量の高さを示すものとして看過できないことでしょう。

更にこの草子地の技巧を、他の物語文学と比較してみますと、『源氏物語』に見られるような高度の草子地の技法が、決して単発的・偶発的に生じたものではなく、物語文学史の展開の中で、成長進化したものであることも知ることができるでしょう。

それ故、草子地については、さらにその淵源や他の物語文学における様相、あるいは語り手と読者の問題などをも含めて、一層の研究が深められるべき重要な問題であることを、改めて確認しておきたいと思います。

[7]……『源氏物語』と貴族の生活習慣

(1) 庶民源氏

『源氏物語』は貴族文学だから、所詮庶民には分からないことが多い、というようなことを言われて、ショックを受けたことがあります。

たしか、これから『源氏』の勉強をしようと意気込んでいた大学院生の頃、宮内庁の書陵部へ勉強に行った時のことだったと記憶していますが、その衝撃が半世紀以上も経った今になって改めて実感され、近頃では一種の源氏恐怖症に落ち入ってしまっています。

若い頃に聞いた話の一つは、「夕顔」の巻の次のような例でした。「夕顔」の巻頭近い部分で、源氏が五条大路に牛車をとめて、むさくるしい大路のさまを眺めているところです。本文には、

御車もいたくやつし給へり、前駆《さき》も追はせ給はず、誰とか知らむとうちとけ給ひて、少しさし覗き給へれば、門《かど》は蔀《しとみ》のやうなる押し上げたる、見入れのほどなくものはかなき住まひを、

……（夕顔）

とあります。右の傍線の部分の「少しさし覗き給へれば」は、通常源氏が車から顔を出して覗いたように訳しますが、源氏たるもの、そのようなはしたない真似はしないはずで、せいぜい車の物見《ものみ》から覗いたか、扇で車の後簾《あとすだれ》をちょっとさしのけて見た程度で、決して顔を出したりはしていない、というのです。

言われてみれば、なるほど貴族とはそういうものかと納得せざるを得ません。因みに手近な注釈書のこの部分の口語訳を見てみますと、

○少し顔を出してごらんになると（小学館『新編日本古典文学全集』）
○顔を覗かせてご覧になると（新潮社『日本古典集成』）
○物見の窓から顔を少し出して覗いてごらんになると（新潮社　円地文子訳）
○少し車からお顔を出して覗かれると（角川書店　瀬戸内寂聴訳）

などと、顔を出している訳が多く見られます。

「少しさし覗き給へれば」という本文を、源氏が車から顔を出したと見るか、車の後簾を扇で

ちょっとさしのけた程度で、顔は出していないと解するかは、当時の上流貴族の所作に疎い私たち現代の庶民には難しい問題ですが、この場合はやはり上流貴族の振る舞いとして、「うちとけ給ひて」とあっても、顔は出さなかったと考えるべきかも知れません。因みに『正訳　源氏物語　本文対照』では、顔は出さないつもりで、本文のままに「車の中から少しさし覗いてご覧になりますと」と訳しました。

このような事例が、おそらく他にも沢山あるかと思いますと、つくづく貴族ならぬ庶民の血筋が恨めしくなりますが、恐ろしいのは、いくら注意していてもそれに気付かないことです。千年も前の物語が百パーセント理解できるはずもないことは十分承知していますし、事実古くから疑問の個所や不明の部分も少なからず指摘されています。しかしそれらは、疑問、不明の個所として分かっていますから、今後の研究や調査の対象ともなりえますし、その結果解明されることもあるでしょう。しかし通常は何の疑問も感じないで読み過ごしている所に問題があるのですから、どうしようもありません。

もう一つ、こんな例もあります。

同じ「夕顔」の巻で、惟光が隣の夕顔の家の様子を探って源氏に報告するところ、本文には次のようにあります。

惟光、日ごろありて参れり。「わづらひはべる人、なほ弱げにはべれば、とかく見給ひあつかひてなむ」など聞こえて、近く参り寄りて聞こゆ。（夕顔）

この傍線の部分はどう理解するでしょうか。特に口語訳が難しいわけではありません。「おそばに近寄って報告申し上げる」（新編日本古典文学全集）で十分正しいのですが、その近寄り方をどのようにイメージしているかが問題なのです。

惟光は源氏の従者ですが乳母子《めのとご》ですから、他の者よりも殊のほか源氏とは昵懇《じっこん》で、信用も深いのですが、官位は五位程度です。その従者が主人のいる部屋に入ってその側《そば》に近寄る場合は、当時の慣習としては膝行《しっこう》、つまり膝をついて坐ったまま進み寄ったと考えるべきなのです。口語訳にも表われませんが、この場面も貴族の慣習として、このように理解するべきものと思われます。

（2）忍び歩きは何人で？

当時の貴族の貴公子は、よく夜お忍びで愛人のもとへ通ったりしていますが、その忍び歩きは、人に見つけられないようにこっそりと忍んで行くというイメージから、現代の私どもは、多分従者を含めて二、三人、多くても四、五人ぐらいで出かけたのかと想像するのですが、実際はどうだったのでしょうか。

次の一節は、源氏が五条の夕顔の家に忍んで出かけた時のことです。

女さしてその人と尋ね出で給はねば、我も名のりをし給はで、いとわりなくやつれ給ひつつ、例ならず下《お》り立ち歩《あり》き給ふはおろかに思されぬなるべしと見れば、わが馬をば奉りて、御供に走り歩く。「懸想人《けさうびと》のいとものげなき足もとを見つけられてはべらむ時、からくもあるべきかな」などわぶれど、人に知らせ給はぬままに、かの夕顔のしるべせし随身《ずいじん》ばかり、さては顔むげに知るまじき童《わらは》ひとりばかりぞ率《ゐ》ておはしける。（夕顔）

右の文をそのままに受け取りますと、源氏は惟光の乗って来た馬に乗り、惟光は徒歩で、そのほかに白い花を夕顔と源氏に教えた随身と、顔をあまり知られていない童《わらわ》と、合計四人で出かけたものと読み取れます。

それでは次の場合はどうでしょうか。

……なほ悲しさのやる方なく、ただ今の骸《から》を見では、またいつの世にかありし容貌《かたち》をも見むと思し念じて、例の大夫《たいふ》、随身を具《ぐ》して出で給ふ。（夕顔）

ここは恋の忍び歩きではなく、惟光が東山の某寺に秘かに運び込んだ夕顔の遺骸に、源氏がもう一度会いに出かけた場面です。お供の大夫は惟光のこと、随身は前例にも見えた気の利いた随身と考えてよいでしょう。源氏に信頼されている随身です。ここは一応源氏が惟光と随身を連れて三人で出かけたと読めます。前に源氏が「馬にてものせむ」と言っていますので、一行は馬で出かけたと考えられます。もちろん秘密裏の行動です。

ところが、これに続く道中の描写に、

十七日の月さし出でて、河原のほど、御前駆《さき》の火もほのかなるに、……（夕顔）

とあって、松明《たいまつ》を持った前駆の従者がいることが分かります。前駆は一人ではないでしょうから、二人以上の従者が松明をかかげて先払いをつとめていると考えてよいでしょう、前駆がいれば馬添《うまぞ》いはどうか。三人の乗った馬の口取りや馬添いの従者たち、後に続く従者も松明をかかげて従っていたでしょう。ということになりますと、ここはとうてい三人だけではなく、複数の、しかもかなり多人数の従者が同行していると考えられます。

この場合は、たまたま松明を持った前駆の描写がありましたので、東山への内密の一行が三人だけではないことが分かりましたが、貴族の慣習として、物語場面に必要な人物以外は描かれないのでしょうか。いや日常的に側《そば》にいる従者や女房などの身分の低い者は、人数には入らないというのが、貴族の意識というもののようです。

そうしますと、前掲の夕顔の家への忍び歩きも、源氏・惟光・随身・童の四人で出かけたという表現だけで考えてよいかどうかは疑問です。忍び歩きとはいえ夜のことですから、やはり当然松明を掲げた従者も前後に複数いるはずですし、他にも若干の供人を連れて行ったと読むべきでしょう。

これについて少々余談になりますが、かつて某大学の入学試験にさきの「夕顔」の一文が出されて、本文読解の設問の一つに、源氏の一行は何人であったか、という問題がありましたが、もし出題者が四人を正解と考えていたとしたら、それは出題者の方が読解不足ということになるでしょう。

(3) 簾《すだれ》・几帳《きちょう》・格子《こうし》の扱い

貴族の邸宅の室内屛障具である簾と几帳、それに柱間にはめこまれた建具の格子については、日常的にごく身近にあるものだけに、物語や日記文学の中に数多く見出だされますが、その具体的な扱い方については、判然としないことが少なくありません。

①簾は上げるか開けるか？

簾は竹を細く削ったヒゴを絹糸で編み、周囲に縁《ふち》をつけたもので、室内があらわに見えないように、母屋《もや》と廂《ひさし》との境や、廂と簀子《すのこ》との境の柱間に垂れ下げます。これを巻き上げた時は、鉤《こ》という V字型の金具でかけとめますが、鉤は房のついた丸緒で吊り、長さは調節できるようになっています。

簾の総丈は六尺前後（約一メートル八〇センチ）で、一般に萌黄の絹に黒の窠紋《かもん》を染めつけた縁《ふち》が四周と中に三筋あり、上部は帽額《もこう》という横幕が張ってあります。これを柱間に垂れ下げるのですが、寝殿造りの柱間の寸法は、建物の規模により一定ではありません。広い柱間には簾も二つ連ねて用いることもあったようですが、一般的には一間に一巻きの簾を垂れ下げていますので、通常は柱間の内のりと簾の幅はほぼ同じと考えてよいでしょう。

さて、この簾を上げる時は、内側に巻き上げて二箇所を鉤でかけ止めるのですが、具体的に考えますと、この簾を巻き上げるということは、それほど容易なことではなさそうです。

柱間の寸法は、建物の規模や時代によって異なりますが、三間四面の寝殿では、廂《ひさし》の柱間は八～九尺、母屋《もや》が十～十二尺ぐらい、五間四面なら廂が九～十二尺内外で、母屋が十三～十五尺内外であるとされています（太田静六『寝殿造の研究』）。

これによれば、廂の柱間は八尺～十二尺（約二メートル四〇センチ～三メートル六〇センチ）ですから、その柱間に垂れ下げる簾の幅も、少なくとも二メートル四〇センチ以上はあることになります。『古事類苑』所引の『進退記』に、「みす巻時は両人にてみすの外へ参りて巻べし。時により一人にても巻べし」（器用部十五屛障具㈢）とありますように、御簾《みす》は通常は二人で外側から巻き上げたようです。

そうしますと、次の場面などはどう解したらよいでしょうか。

○格子《かうし》上げさせたまひて、御簾《みす》巻き上げなどし給ひて、端近く臥し給へり。（横笛）

○世の人のすさまじきことに言ふめる十二月《しはす》の月夜の曇りなくさし出でたるを、簾巻き上げて見給へば、……（総角）

前の例は、格子は「上げさせたまひて」とあり、簾は「巻き上げなどし給ひて」と、いずれも敬語がありますので、夕霧が格子は女房に上げさせて、御簾は自分で巻き上げたと考えるのが一般的ですが、幅が二メートル余りの簾を、夕霧のような貴公子が外側から一人で巻き上げて鉤で二箇所を止めることは、実際には考えにくいのではないでしょうか。

後の例も、薫が主語ですので、通常は薫が自分で簾を巻き上げて月を見たと解していますが、やはり納得しがたいことです。これらは実際には女房たちに簾を巻き上げさせたと読むべきでしょう。もちろん女房たちは外側から巻き上げているはずです。

簾の巻き上げが、一人では困難な動作であることを考えますと、この簾を巻き上げて中に入るという行為も、容易なことではないと思われます。

簾は柱間に垂れ下げてありますから、裾を巻き上げるよりは、柱に近い部分の端《はし》を引き開けた方が、覗いたり入ったりすることが容易に出来るはずです。

○若宮の這ひ出でて御簾《みす》のつまより覗き給へるをうち見給ひて、（東屋）

右の例なども、匂宮の若宮が御簾の裾ではなく、柱と簾との間の下の端から覗いたものと解すべきでしょう。

また、薫が弁の尼を訪れて話をする場面に、

○長押《なげし》にかりそめにゐ給ひて、簾のつま引き上げて物語し給ふ。几帳に隠ろへてゐたり。（東屋）

とありますが、ここの「簾のつま引き上げて」も「引き開けて」と読みたいところです。薫が下《しも》

長押《なげし》にちょっと坐って、柱近い簾の端を引き開けて話をするので、弁は身近の几帳に隠れて坐っていたというのです。

同様の例は『紫式部日記』にも見えます。

○しめやかなる夕暮れに、宰相の君と二人物語してゐたるに、殿の三位の君、簾のつま引き開けてゐ給ふ。

（寛弘五年秋の条）

「賢木」源氏が六条御息所のいる御簾の端から半身を入れている。

右も通常は「簾のつま引き上げて」と読んでいますが、「引き開けて」と改めるべきでしょう。烏帽子《えぼし》をつけている頼道《よりみち》が、簾の裾を引き上げてくぐって中へ入りこむのは、無理なことと思われます。

『紫式部日記』には、柱と簾の間から人が出入りしている例が見えます。

「若菜上」六条院の蹴鞠で、柏木が偶然にも御簾の間から女三の宮の立姿を見る。

○北南のつまに御簾をかけ隔てて、女房の居たる南の柱のもとより、簾少し引き開けて内侍二人出づ。（寛弘五年十月十七日の条）

この柱もとからの出入りは、その後の叙述にも、

○御膳参るとて、筑前《ちくぜん》、左京《さきょう》、ひともとの髪上げて、内侍《ないし》の出で入るすみの柱もとより出づ。（同前）

と見え、さらに、

○それより東の間の廂の御簾《みす》少し開けて、弁の内侍、中務《なかつかさ》の命婦《みょうぶ》、小中将の君など、さべき限りぞ取り次ぎつつ参る。（寛弘五年十一月一日の条）

とある例も、柱と簾の間を少し開けて、そこから出入りしているものと思われます。「少し上げて」では、膳部を持って出入りすることはとうてい出来ないでしょう。

以上の簾を引き開ける例は、従来簾は巻き上げるものという常識的な認識から、ほとんど例外なく「引き上げて」と理解されて来たものです。簾の取り扱いは、「巻き上げる」場合ももちろん多いですが、当時の習慣として出入りや覗き見には、柱と簾との間を「引き開ける」こともあるということを承知しておくべきでしょう。

このことに関して、蛇足ながら興味深い例を紹介しておきましょう。

「若菜」上巻の、柏木が女三の宮をかいま見る有名な場面で、猫につけられた綱で御簾《みす》が引き

簾を「巻き上げる」

簾を「引き開ける」

開けられるところ（右ページ図参照）。近年のテキストはみな「御簾のそばいとあらはに引き開けたるを」とあって、これでよいのですが、この部分も一昔前は、例えば『対訳源氏』（吉沢義則）、『朝日古典全書』（池田亀鑑）、『源氏評釈』（玉上琢弥）など、当時の権威ある注釈書はみな「引き上げる」としており、簾は巻き上げるものという常識に捉われた解釈となっています。しかも皮肉なことに、江戸期の源氏絵や版本の挿画は、きちんと引き開けたように描いていて、江戸の大和絵師や版本の画家は、この場面を当然のように引き開けると理解しているのです。（前ページ図版参照）さきの権威ある先生方は、それにも気付かなかったのでしょうか。

②几帳の帷子《かたびら》は引き上げられるか

几帳は土居《つちい》という木の台（長さ一尺二寸、幅八寸厚さ四寸五分）に二本の細い柱を立て、その上に手という横木を渡し、これに帷子《かたびら》（垂れ絹）を垂らした室内屏障具で、高さは土居から手までの高さにより、三尺、四尺、五尺などの几帳があります。手の長さは三尺の几帳が六尺（約一メートル八〇センチ）、四尺の几帳が八尺（約二メートル四〇センチ）、帷子の長さは三尺の几帳が五尺三寸五分（約一メートル六〇センチ）で、四幅の布を綴じ合わせてありますが、下方の一尺五寸（約五〇センチ）ほどは綴じてありません。帷子の一幅ごとに野筋という紐を表へ垂らしてあります。四尺の几帳は帷子の長さが六尺（約一メートル八〇センチ）で、五幅を綴じ合わせ、下方一尺五寸ほどは綴じません。帷子の中ほどにも一尺余り綴じ合わせていない部分があり、これを「ほころび」と称して、覗いたり物を出し入れするために用いました。

○もしもやと思してやをら御几帳のほころびより見給へば……（澪標）

○簾のつまより几帳のほころびの透きて見えければ、……（総角）

○几帳の帷子のほころびより御髪をかき出だし給へるが、……（手習）

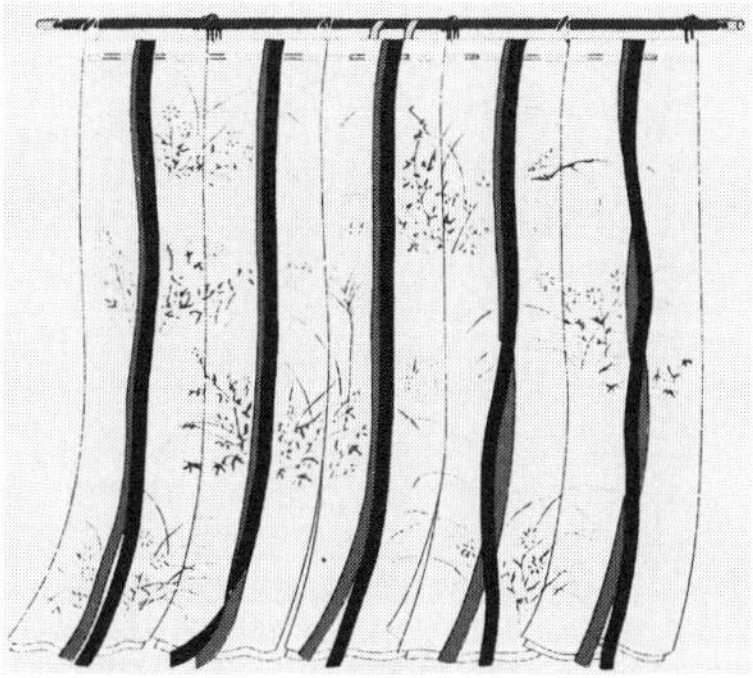

四尺几帳表

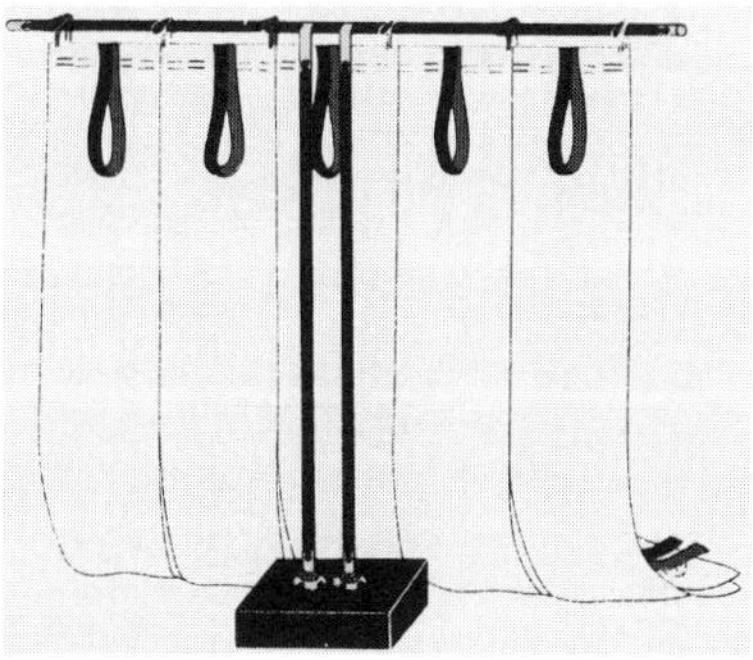

四尺几帳裏

などと見えるのがそれです。

帷子の一幅は鯨尺で一尺ぐらい（約三三センチ）ですから、三尺の几帳の帷子四幅は約一メートル三〇センチ、四尺の几帳五幅は約一メートル六五センチの横巾です。（以上の几帳の寸法は『類聚《るいじゅ》雑要抄《ぞうようしょう》』を参照しました。）

ところで、この几帳についての叙述を見ますと、例えば「空蟬」の巻で、源氏が空蟬の寝所へ忍び入るところに、

○導くままに母屋の几帳の帷子引き上げて、いとやをら入り給ふとすれど、……（空蟬）

とあり、「総角」の巻で、薫が宇治の姫君たちの部屋に入りこむ場面にも、

○灯ほのかなるに、袿姿にていと馴れ顔に、几帳の帷子をひき上げて入りぬるを……（総角）

とあって、いずれも几帳の帷子を引き上げて中に入っています。その他にも、

○小さき御几帳引き上げて見奉り給へば……（葵）

○「……今日はかかる御よろこびはいささかすくよかにもや、とこそ思ひはべりつれ」とて、几帳のつまひき上げ給へれば、……（柏木）

○灯はこなたの南の間にともして内は暗きに、几帳ひき上げて少しすべり入りて見奉り給へば……（総角）

などとありますが、これらの例も従来はすべて帷子を引き上げたものと解釈しています。

しかし、前述の『類聚雑要抄』の寸法には、三尺の几帳の帷子の長さは五尺三寸五分、四尺の几帳の帷子は六尺とありますので、土居の高さを入れても帷子は床に二尺（約六〇センチ）ほど引いていることになります。もしこの帷子を引き上げるとしますと、床に引いた部分を手で持ち上げることになりますが、帷子の下方五〇センチぐらいは一幅ごとに分かれており、その上方は四幅ないし五幅が縫い合わされていますから、一幅を持ち上げようとすると、その左右も持ち上がってしまいます。

このような几帳の状態を具体的に考えてみますと、果たして几帳の帷子を下からめくり上げて、そこから中を覗いたり出入りしたりすることが、日常的になされていたかどうかは疑わしくなります。たとえ坐った姿勢でも、烏帽子《えぼし》をつけた貴公子が裾をめくって中に入りこむのは、かなり面倒な仕草《しぐさ》になりそうですし、中ほどには土居から立っている二本の柱がありますから、中央から入ることは不可能でしょう。とすると先の例に見る、「几帳の帷子ひき上げて」は、簾の場合と同じように「引き開けて」と解すべきではないでしょうか。「柏木」の巻の例に「几帳のつま」とありますように、帷子の端を引き開けたと考えてよいように思われます。

なお「葵」の巻で、源氏と紫の君の新枕の時に、乳母の少納言が娘の弁に託して亥《い》の子《こ》の餅を入れた香壺の筥《はこ》を几帳からさし入れる場面があり、そこに「御枕上の御几帳よりさし入れたるを」と見えますが、これも几帳の裾をめくり上げて入れたのではなく、端を引き開けて入れたものと解すべきでしょう。

③格子《こうし》の取り扱い

格子は、寝殿造りの廂《ひさし》と簀子《すのこ》との境の柱間にはめこんだ建具で、細い木を縦横に組んだもの、風雨などを避けるために裏に板を張った格子を蔀《しとみ》とか蔀格子といいますが、物語などではこれも格子と呼んでいます。

『家屋雑考』には、「黒塗にて間毎に格子あり。上に一枚下に一枚、掛鉄《かけがね》にてかけおき、開くるときは上なるは外の方へ釣り上げ、下ばかりをかけおくなり」と説明されていますが、これは上下二枚の格子のことで、一枚格子もありました。「末摘花」の巻に、

○生ひなほりを見出でたらむ時と思されて、格子引き上げ給へり。いとほしかりし物懲りに上げも果て給はで、脇息《けうそく》をおし寄せてうちかけて、……（末摘花）

とあります例は、源氏が上げかけた格子を脇息の上に乗せて、半開きの状態であまり明かる過ぎないように配慮しているのですから、一枚格子を内側へ引き上げていると考えてよいでしょう。しかし、この格子の取り扱いについて、次のような叙述はどう理解すべきでしょうか。

梅の香を賞でて、格子を上げて庭を見る薫の君。

○霜のいと深き朝、いたくそそのかされ給ひて、ねぶたげなる気色にうち嘆きつつ出で給ふを、中将のおもと、御格子一間上げて、見奉り送り給へとおぼしく、御几帳ひきやりたれば、御髪《みぐし》もたげて見出だし給へり。前栽《せんざい》の色々乱れたるを、過ぎがてにやすらひ給へるさま、げにたぐひなし。（夕顔）

右は「夕顔」の巻で、源氏が朝早く六条の女のもとから出て来る場面です。侍女の中将のおもとが、主人の六条の御方に、せめて出て行く源氏を見送らせようと、「御格子一間上げて」枕元の几帳を取り除くと、女は横たわったまま頭をもち上げて見出だしている、という状況です。

この場合、「御格子一間上げて」を、二枚格子の上一枚を上げたと解するのが一般的ですが、それでは横になったまま頭を持ち上げただけの女からは、去り難げに簀子《すのこ》にたたずんで花の咲き乱れた前栽を見ている源氏の比類ない姿は、せいぜい上半身しか目に入りません。そこで格子の下半分も取り除いたと考えるか、一枚格子であったと見るかですが、二枚格子の下半分も取り除いたとしますと、「格子一間上げて」の本文は「格子一間開けて」と訂したくなります。もし上下の格子を取り除いたとすれば、これは中将のおもとが一人でしたことではなく、書かれてはいませんが下級の侍女たちに命じて格子を取り除かせたと見るのが、当時の貴族の習慣に適っているのかも知れません。

もう一例、次のような場合はどう考えたらよいでしょうか。

○「猶残れる雪」と忍びやかに口ずさみつつ、御格子うち叩き給ふも、久しくかかることなかりつるならひに、人々空寝《そらね》をしつつ、やや待たせたてまつりて引き上げたり。

右は、源氏が暁に、寝殿の女三の宮の許から紫の上のいる東の対《たい》に帰って来た場面ですが、ここでは源氏が格子を叩いて開けさせ、そこから中へ入ったと思われます。ここも二枚格子ならば「引き上げたり」ではなく、「引き開けたり」に訂すべきかも知れません。

○格子上げさせ給ひて、御簾《みす》巻き上げなどし給ひて、端近く臥し給へり。（横笛）

これも端近く臥して月を見ようとしているのですから、一枚格子と見るべきでしょうが、二枚格子ならば下格子もとりはずしているはずですから、「格子開けさせ給ひて」と訂すべきでしょうか。御簾は一枚格子は外側に、二枚格子は内側に下がっているはずですから、侍女たちが外側から「格子開けさせ」「御簾巻き上げ」とこの順序に動作を行ったとしたら、二枚格子であったと推量できます。

更に、格子の上げ下げで判然としないのは、次のような叙述です。

○日たくるほどに起き給ひて、格子手づから上げ給ふ。（夕顔）

○からうじて明けぬる気色なれば、格子手づから上げ給ふ。（末摘花）

○御格子御手づから引き上げ給へば、……（野分）

格子は柱間にはめこまれていますから、格子の左右の長さは柱間の内のりと同じです。当時の貴族の邸宅の柱間の寸法は、前述のように邸宅の規模や時代により異なりますが、八〜十二尺ぐらいですから、仮に高さ六尺、柱間八尺というやや小さな建物の一間に上下二枚の格子をはめこんだとしても、一枚の格子の大きさは幅三尺（約九〇センチ）、長さ八尺（約二メートル四〇）となります。一枚格子ならば上下の幅はその二倍です。これだけの大きさですと重さも相当にあるはずで、上げてから二箇所のかけがねに止めるのも、かなりの労力を要することでしょう。このような仕事を果たして源氏や薫のような高貴な男性が、自分で為し得たでしょうか。「手づから」とあっても、これは表現通りに貴公子が自分で行なったと見るのは、当時の慣習に適していないような気がします。これも貴公子は、せいぜい格子に手を触れた程度で、実際には女房や従者が外側から上げているのでしょう。

高貴な者が自分一人で行なったように書かれていても、当時の慣習として他人の助力があったと見るのが、実情に適していると思われます。

以上、当時の貴族の慣習をめぐって、『源氏物語』の中から問題となりそうな所を思いつくままにあげてみました。殊に衣・食・住などの日常生活に不可欠な分野において、当時の貴族の慣習がどのようなものであったかを知ることは、貴族文学を理解するための必須のことと思われます。

しかしながら実際には、そのような日常瑣末《さまつ》事は、当然のこととして記録などにも残りませんので、日常的なことほど不明なことが多く、それを解明する資料が少ないことも事実です。

当時の人々がごく普通に営んでいた日常的な生活慣習の実態が判然としないことは、古典の理解にはまさに致命傷ですが、それが更に貴族文学ともなりますと、一層私ども庶民の感覚や理解が及ばないことも少なくないと思われます。それが残念ながら現代の私たちの『源氏物語』を読む限界とも言えますが、所詮は庶民源氏と承知しつつも、やはり出来る限り貴族文学の理解に努めるべく精進することが、後代の者の義務であり宿命でありましょう。

（一八一～一八三・一八九ページの図は『フルカラー 見る・知る・読む源氏物語』（勉誠出版、二〇一三年）、一八五ページの図は『丹鶴図譜』より）

〔8〕……『源氏物語』の擬作の巻々

現存の『源氏物語』は、第四十一帖「幻」の巻のあとに、「雲隠」という巻名のみで本文にない巻が存在します。

これについては、もと光源氏の往生を記した本文があったが、読者（主に女性）が悲嘆の余り出家する者が続出したので、それを憂慮して焼却してしまったとか、誰も見ないように宇治の宝蔵に籠めてしまったとか、古来さまざまな憶説が伝えられていますが、現在では、もともと本文はなく、人の死を暗示する「雲隠」を「光」の縁語として巻名とし、光源氏の死を象徴的に表わしたものと解されています。

ところが一方には、巻の本文が伝わらないならそれを補作しようという者も出て来て、実際、この本文のない「雲隠」については、「雲隠六帖」という補作の物語が伝来しています。

このように、現存の『源氏物語』に書かれていない部分を想像して補ったり、巻々の展開にもの足りなさや不満を感じる部分を書き加えたり、更には物語の結末はこうあってほしいという熱心な読者の願望までをも含めて、古くから『源氏物語』五十四帖のほかに、さまざまな巻が作られて来ました。これらは一括して擬作《ぎさく》の巻と呼ばれていますが、その執筆の意図や方法は、必ずしも一様ではないようです。

以下、この擬作の巻々について、もう少し詳しく紹介していきましょう。

（1）「桜人《さくらひと》」

高野山正智院蔵の『白造紙』には、「源氏ノ目録」として、五十四帖の巻名をあげた後に、「サクヒト、サムシロ、スモリ」という三つの巻名を加えています。

この中の「サクヒト」は「桜人」のことと考えられますが、この「桜人」については、現存の『源氏物語』の注釈書ではもっとも古いといわれている世尊寺伊行《これゆき》の『源氏釈《しやく》』（平安末期成立）がその片鱗を伝えています。

『源氏釈』の伝本としては、現在五本ほどが知られていますが、その中の冷泉家の時雨亭《しぐれてい》文庫蔵本には「真木柱」の次に「さくら人」という巻名をあげています。また前田育徳会尊経閣文庫蔵本（前田本）は、やはり「真木柱」の次に「さくら人」という巻名をあげ、その下に「この巻はある本もあり、なくてもありぬべし。蛍が次にあるべし。」と二行の割注があり、以下十三条にわたって引歌の注が記されています。貴重な資料ですので、煩雑を厭《いと》わず次にあげておきましょう。

さくら人このまきはあるほんもありなくてもありぬへしほたるかつきにあるへし

(1)こけのたもとはけさはそほつるとよみてなをたちかへると有は

いにしへになほたちかへるこゝろかな恋しきことにものわすれせて

(2)こひをしこひはとあるは

たねしあれはいはにも松はをいにけりこひをしこひはあはさらめやは

(3)われやかはらぬと有は

えそしらぬよし心みよいのちあらは我やわするゝ人やとはぬと

(4)いとゝもけふると有は

（一行空白）

(5)わかれせましやとおしみきこゆと有は

あか月のなからましかはしら露のおきてわひしきわかれせましや

(6)はれすやきりのといふは

しら雲のかゝるおかへのすみかにははれすやきりの立わたるへき

(7)道をさへせくこそといふは

かゝらても雲井のほとはなけきしにみちをさへせくやまちなるらん

(8)花もみなちりはてゝわつかに藤そのこれるかたふくかけやなかめ給はんとあるは

惆悵《チウチヤウス》春帰《テ》留不得紫藤《ノ》花下漸黄昏《ククワウコン》
⑼ゆふかほの御手のいとあはれなれは跡はちとせもとあるは
　はかなくもふみとゝめけるはまちとりあとはちとせのかたみなりけり
⑽われさえ心そらなりやとうちわらひ給てあやしつまゝつよひなりやとあるは
　おほそらをひとりなかめてひこほしのつまゝつよさえひとりかもねん
⑾宮はあふをかきりになけかせ給とあるは
　わが恋はゆくえもしらすはてもなしあふをかきりと思はかりそ
⑿なとせしわさそとあるは
　うきしまやうきたひことになそしまやなそせしわさそ心つくしに
⒀みつにやとれるとかきたるは
　てにむすふみつにやとれる月かけのあるかなきかのよにこそありけれ

右はいずれも「桜人」の引歌を含む本文を引いて、「とあるは」「と云事」としてその引歌の本歌《もとうた》を示しています。これによりますと、平安末期に伊行が「桜人」を見ていたことは確かで、「この巻はある本もあり」と記されているように、『源氏』五十四帖のほかにこの「桜人」の巻が伝わっていたわけです。

さてこの「桜人」の巻は、⑻に「花もみな散り果ててわづかに藤ぞ残れる」とあり、⑽に七夕の歌の引用がありますので、春から秋への季節的背景を持っていることが分かります。また⑾に「宮は」とありますのは蛍の宮と思われますので、引歌に恋愛歌が多いことからも、内容は蛍の宮と玉鬘の恋愛を主題としたものと考えてよいでしょう。年立《としだて》（物語の展開を年表的に示したもの）の上では、現存の「玉鬘」十帖では二人の交渉が始まる春の「胡蝶」の巻から、秋の「野分」の巻までの五帖分に相当しますが、『源氏釈』の注の分量から見ても、この巻が他巻に比して特に多いとは思われませんので、ほぼ一ヶ月を一巻に当てている「胡蝶」以下の巻々と同類視することは躊躇されます。

また「蛍が次にあるべし」という注記から考えますと、この巻の中心は、「蛍」の巻で光源氏が蛍の光で兵部卿の宮に玉鬘の美しい容姿を見せた後、更に激しく恋情をかき立てられた蛍の宮と玉鬘との交渉にあったと思われます。引歌に恋愛歌が多いこともその裏付けとなるでしょう。実際、美女玉鬘の相手としては、鬚黒の大将よりも、優雅な蛍の宮こそがもっとも似つかわしく、その恋の成就を願った読者も多かったことでしょう。

「桜人」は、このような読者の満たされない心の代償として作られた巻と考えられます。

そうしますと、これはもはや本来の『源氏物語』の構想圏内に含まれる物語ではなく、『源氏』を素材として読者の創意が積極的に生み出した作品であって、その意味では『源氏』の増補の一帖というよりは、むしろ『源氏物語』の外伝として独立した一篇の物語と見なすべきではないでしょうか。

（2）「巣守《すもり》」

「桜人」と同じく『白造紙』に見える「スモリ」は、『風葉和歌集』「源氏物語古系図」などにより、かなり詳しい内容を知ることができます。

文永八年（一二七一）成立の『風葉和歌集』は、当時伝存している物語の中の歌を選抜して、二十巻（現存十八巻）に仕立てた物語歌集で、二〇〇種ほどの物語と、約一三八〇首の歌が集められています。もちろん『源氏』『うつほ』『狭衣』など、現存の物語の歌も多く採られていますが、一方その存在すらも不明であったいわゆる散佚《さんいつ》物語の歌も少なくありませんので、物語文学研究の宝庫として貴重な歌集です。

この『風葉集』の巻二、巻十二、巻十八に、それぞれ次のような四首の歌が見えます。

にほふ兵部卿のみこしらかはの家に侍けるに花見にまかりてよみ侍ける　かをる右大将
ちりちらすみてこそゆかめ山桜ふる郷人はわれをまつとも
（巻二　春下）
女のいひのかれてつれなきさまなりけるかまたもさのみこしらへ侍ければ

にほふ兵部卿宮
つらかりし心をみすはたのむるをいつはりとしもおもはさらまし
（巻十二　恋二）

かをる大将
山さとにはへりけるかかへりてかしこなる女のもとにつかはしける
暁は袖のみぬれし山さとにねさめいかにとおもひやる哉

一品内親王家三位
松かせをおとなふものとたのみつつね覚せられぬ暁そなき
（巻十八　雑三）

右の歌の作者名に「かをる右大将」「にほふ兵部卿宮」とありますので、一見『源氏物語』の「宇治十帖」の歌かと思われますが、現存の「宇治十帖」には、この四首の歌は見えません。しかも「一品内親王家三位」という人名も初耳ですし、匂宮の「しらかはの家」で「花見」があったということも、現存の「宇治十帖」には見当たりません。

つまりこの四首と詞書は、現存の「宇治十帖」にはない歌と場面を伝えていると考えられます。

「巣守」については、もう一つ貴重な資料があります。

『源氏物語』は、早くから登場人物の系図が作られていますが、現在伝わっている「源氏系図」は、室町中期の文化人三条西実隆が策定した系図がほとんどです。しかしこの実隆の策定の手を経ていない系図も伝わっていて、これを一般に「古系図」と呼んでいます。その「古系図」の中に、現在の『源氏物語』には見えない登場人物が記されているのです。

次にその「古系図」の中で書写年代も古い正嘉本（正嘉二年〈一二五八〉写）のその部分を示してみましょう。

・蛍兵部卿親王

侍従

孫王君

宮御方

源三位　以下四人流布本無し
父宮の御つたへにて琵琶めでたくひき給ふ　もとの上にをくれて後よのありさまともしくしてすくし給ふ　いまの上はもとの上のはらからなり　故帥中納言のもとの上

頭中将　母藤中納言女
もとは兵衛佐　あねすもり三位に匂兵部卿かよひ給つたへ人にてことにいとをしくしてすくし給ふ　いまの上はもとの上のはらからなり　故帥中納言のもとの上

巣守三位　母同
一品宮にまいり給て御琵琶の賞に三位になる　兵部卿宮のかよ

ひ給けれははなやかなる御心をけさましく思てかをる大将のあさからすきこえけれは心うつりにけり　さて若君一人うむ　其後宮あやにくなる心ぐせの人めもあやしかりけれは朱雀院の四君のすみ給ふ大うちやまにかくれまいる　みめうつくしくてひわめてたくひきし人なり

中君　一品宮の女房

右の系図の源三位の下に「以下四人流布本無し」として、源三位・頭中将・巣守三位・中君が記されていますが、この四人は現存の『源氏物語』には見えない人物です。「源氏系図」には、人物に簡単な経歴を記していることが少なくありませんが、この四人についても簡略な説明がついています。

それによれば源三位は、父の蛍兵部卿の宮の伝授で琵琶を上手に弾き、北の方に先立たれたあとは余裕のある生活ではなかったようです。頭中将は、もと兵衛佐で姉の巣守の三位に匂宮がお通いになる時の仲介をして、匂宮に特に気に入られていた、とあります。その姉の巣守の三位についてはかなり詳しく記しています。それによれば、まず一品の宮にお仕えして琵琶が上手でその賞に三位になり、匂宮がお通いになったがその派手な性格を不快に思って、薫大将が熱心に求婚したのでそちらに心を移し、薫との間に若君を一人設けたけれど、その後も匂宮が執拗に言い寄って来て世間体もよくないので、朱雀院の四の君がお住みになっている大内山に隠れた。美貌で琵琶の名手である、と説明しています。

これらによりますと、「巣守」の巻は、蛍の宮の子孫の物語で、琵琶に堪能な美貌の巣守の三位と、匂宮と薫との恋を主題とした内容であったことが分かります。その構想は、ちょうど「宇治十帖」の浮舟物語の匂宮と薫の役割を入れ替えたようであり、「宇治十帖」においていつも損な役割を演じている薫に同情し、あえてこれに花を持たせようとした所に執筆の意図を見ることができるでしょう。

このような蛍の宮の子孫の巣守の君を中心とする一族の新しい設定は、明らかに本来の『源氏物語』の構想圏を超えるもので、これを巣守の君について見れば、彼女の一品の宮家に出仕してから大内山に隠れ住むまでの展開は、ほぼその生涯を描いており、『源氏』の中で一巻中に女の一生を書き尽くしている例は、夭折した夕顔のような女性を除いては見出せないことからも、「巣守」は『源氏』増補の一帖というよりも、質的には巣守の君を中心とした一篇の独立物語であったと考えられます。換言すれば、『源氏』の世界に取材した外伝的な物語であると言えるでしょう。

（3）「狭蓆《さむしろ》」

「桜人」「巣守」とともに『白造紙』に巻名の見える「狭蓆」については、他に『拾芥抄』第三十の「源氏物語目録部」の「東屋」の下に巻名が見えるだけで、巻の内容を伝える資料は全くありません。ただこの巻名から容易に連想される歌は、

狭蓆に衣かたしき今宵もや我を待つらむ宇治の橋姫　（古今集　恋四　読人しらず）

という歌です。この歌は「浮舟」の巻で薫自身が「衣かたしき今宵もや」と口ずさんで、匂宮の心を騒がせています。つまり下の句は、「宇治に自分を待つ女がいる」という意味ですから、もしこの歌の下の句に関わりのある物語でしたら、薫と浮舟の交渉を更に深く描いたものでしょうか。そうしますとこれは『源氏』の外伝的な物語とはいえないようですが、詳しいことは分かりません。

（4）「山路の露」

「山路の露」は、南北朝時代の『源氏物語』の梗概書『源氏小鏡』に、「その後山路の露といふ物を作りて尋ね会ひて対面し給へりと作りて侍り。五十四帖の外なれば是にはなし」とあります

ので、当時は後人の作で五十四帖以外のものと認められていたことが分かりますが、更に江戸時代の書物の解説書『群書一覧』（尾崎雅嘉著）に、「山路《やまぢ》の露《つゆ》一巻」とあり、「物語の終りの夢の浮橋の巻の奥を書き継ぎたるものにて、世尊寺伊行卿の作といひ伝えたれど二条家には用ひざるもの也」とあって、『源氏釈』の著者世尊寺伊行の作と伝える説もあったことが知られます。

伝本は、宮内庁書陵部本や青谿書屋旧蔵本（朝日古典全書『源氏物語』七に翻刻収載）など、写本も少なくありませんが、承応三年刊の『源氏物語』や北村季吟の注釈書『湖月抄《こげつしょう》』が、本文五十四冊のほかに「山路の露」や系図・引歌などを加えて六十冊の版本として刊行しましたので、広く流布するようになりました。

物語は、浮舟と薫の再会の事情や小野あたりのことを詳しく見聞きした人が、秘かに書き残して置いたものを、その人の没後に発見した、という形で書き出されています。

浮舟の生存を知った薫は度々小君を小野に遣わします。仏道に専念して小君に会おうともしない浮舟でしたが、ようやく小君に母への消息を託します。薫は小君から浮舟の様子を聞き、秘かに夕霧の中を露を払いながら山道をたどり小野を訪ねます。その夜浮舟と薫は懐旧の情を語り明かしますが、浮舟は薫の深い愛情を感じながらも、京に戻ることはしませんでした。薫は、

思ひやれ山路の露にそぼち来てまた分け帰る暁の袖

という歌を残して、朝露を分けて帰って行きました。この歌が巻名の由来になっています。浮舟の生存を知った母中将の君は、侍女の右近と小野を訪れ、帰京を勧めましたが、もはや浮舟にはその気持ちはありません。やがて薫は内大臣兼左大将に昇進し、正妻の女二の宮は懐妊しますが、心にかかるのはやはり浮舟のことばかりで、いずれは迎え取ろうと思いつつ浮舟や小野の人々の世話をします。薫は中の君に対面しても匂宮に知られることを恐れて小野の事情は伝えませんでした。

以上が「山路の露」の梗概ですが、その執筆意図は「夢の浮橋」の結末にもの足りなさを感じた所にあることは明らかです。したがってその構想もあくまでも「宇治十帖」の世界の延長で、もし「夢の浮橋」以後を書き継いだらこうもなるであろうという範囲にとどまっています。これは『源氏』から新しい展開を試みて外伝的物語を構築した「桜人」や「巣守」とは、執筆態度が本質的に違う所で、その点「山路の露」は、純粋な『源氏物語』の増補の一巻ということができるでしょう。

（5）「手枕《たまくら》」

「手枕」は、近世中期の国学者本居宣長の擬作で、宝暦十二年（一七六二）の成立、寛政四年（一七九二）春に刊行されています。

その執筆意図は、版本の巻末にある門人大館高人の跋文に、「此ふみは源氏の物語に六条御息所の御事のはじめの見えずなるを、わが鈴屋大人のかのものがたりのふりをまねびてはやくものし給へりしを」とありますように、『源氏物語』に源氏と六条御息所の交渉の始めが書かれていないということで、これを補作したものです。

内容は六条御息所と前坊の結婚、姫宮の誕生、前坊の薨去から光源氏が通うようになるまでの経緯が記されていて、明らかに『源氏』の構想圏内の語っていない部分を増補している点は、前の「山路の露」と同類の擬作の一巻といえるでしょう。

なお題名の「手枕」は、『源氏物語事典』（東京堂）などには「てまくら」とありますが、物語中の源氏の歌「かはすまもはかなき夢のたまくらになごり霞める春の夜の月」に依ったものですから、「たまくら」が正しい題名です。

（6）「雲隠《くもがくれ》六帖」

「雲隠六帖」は、「雲隠《くもがくれ》」「巣守《すもり》」「桜人《さくらひと》」「法《のり》の師《し》」「雲雀子《ひばりご》」「八橋《やつはし》」の六帖から成る『源氏物語』の擬作の物語です。

現存の伝本は、「雲隠」（天理図書館蔵）、「雲かくれ」（早稲田大学図書館九曜文庫蔵）、「六帖源氏」（内閣文庫蔵）、「雲がくれ六帖」（愛知県立大学図書館蔵『古典文庫』に収載）などの名で写本が伝わっていますが、そのほかに絵入り版本（九冊上方版、三冊江戸鱗形屋版など）も出されており、それには浅井了意の注釈も加えられています。

内容は初巻の「雲隠」が「幻」の巻を受けて、光源氏の出家から薨ずるまでを記して正篇の結末をつけていますが、「巣守」以下は一転して「宇治十帖」の後日譚となっています。次にその巻々の概要を示しておきましょう。

「雲隠」　この巻は「幻」を承けてその翌年、すなわち源氏五十三歳の正月から六十三歳で死去するまでを収めています。正月一日の早暁、源氏は惟光の子の惟秀と随身岡部を連れて六条院を出、西山にある朱雀院の庵室を訪れます。六条院では源氏の不在を知り大騒ぎとなりますが、冷泉帝は源氏が紫の上と仏道に専心する夢を見ます。やがて朱雀院は崩御され、紫の上の七回忌を終えて源氏は出家します。紫の上の十三回忌を過ごして源氏は嵯峨の奥往生が谷で入定し、飛仙となってこの世を去ります。惟秀と随身岡部は帰京して冷泉帝に源氏の逝去を報告しました。

「巣守」　冷泉帝は源氏の没後世をはかなみ出家を思いますが、女一の宮などのことがほだしとなって果たせません。しかしついに本来空の理を悟って受戒しました。浮舟は還俗《げんぞく》し、薫は内大臣となり、帝の譲位で匂宮が即位し、中の君が女御から立后します。一方式部卿の宮の姫君宮の君は、薫の実意に靡き若君を生みますが、匂宮にも愛されて宣旨となり三位の君と呼ばれました。

「桜人」　帝（匂宮）は現在の栄華を思うにつけ、紫の上と共に過ごした幼時を懐しく追憶されていますと、夢に紫の上が現われます。帝は紫の上のために法華八講を催しました。三月、紫の上の形見の桜を見に二条院に行幸され、往時を懐かしんでいると桜の影に紫の上の幻が現われます。帝はこれを仏道への導きと悟るのでした。

「法の師」　薫は世を厭う心が強いのですが、三条の上（浮舟）の二人の子や女二の宮の若宮がほだしとなって離俗できないでいます。藤壺皇后（中の君）には三人の子がいましたが、とりわけ三の君は花中書王といわれて評判でした。しかし南殿の桜の宴の夜に発病して世を去ってしまいます。悲しみの余り皇后も亡くなられ、薫はいよいよ世を憂く思い、出家の志を横川の僧都にうち明けます。やがて三条の上（浮舟）も亡くなり、薫は悲しみながら浮舟の髪を剃いだ後、自らも横川で出家しました。

「雲雀子」　薫内大臣亡き後、女二の宮腹の少将は嵯峨院の帰途供人に遠矢を射させますと、野中から雲雀《ひばり》が啼いて飛び立ちました。少将は、昔父内大臣が小鷹狩をした時のことを思い出します。その夜の夢に出家姿で父君が現れて、しきりに仏道を説くのでした。

「八橋」　帝（匂宮）は薫がいないのを心細く思って、慶快《けいかい》上人に仏道を尋ねますと、上人は、悟りは他力ではなく、己れの心にあると説いたのでした。

右のような仏教色の濃い内容の六帖ですが、しかし全部合わせても現存の『源氏』の中位の巻一巻分にも収まるほどのごく短い巻々で、あくまでも六帖の補作の必要性から作られたものであることが分かります。恐らく中世の仏教思想から『源氏物語』を天台三大部六十巻になぞらえて六十帖にするため、六帖の補作が試みられたものと考えられます。

（7）「すもりの六帖」

「すもりの六帖」は、書陵部蔵の室町末期の『源氏』の注釈書『源氏秘義抄』の奥に、「すもりの六帖あかぞめゑもんが作」として、「巣守」「八橋」「刺櫛」「花見」「嵯峨野の宮一」「嵯峨野の宮二」という巻名が見えますので、室町末期には伝来していたらしいのですが、現在このような巻々を持つ六帖は伝存していません。巻名の類似などから、当然「雲隠六帖」との関連が考えられますが、赤染衛門の作というのも信憑性が低いので、どういうものか知るすべもありません。ただ「雲隠六帖」や「すもりの六帖」などの六帖物は、江戸時代の『源氏物語』の版本や、北村季吟の『湖月抄』が、五十四冊のほかに「山路の露」「源氏目案」（三冊）、「源氏系図」「源氏引歌」の六冊を加えて全六十冊として刊行していることと無縁ではないでしょう。

以上、『源氏物語』の擬作の巻として知られているものについての概要を紹介しました。これらの擬作の巻々を整理してみますと、その執筆の意図や形態から三つに分けられます。

第一は「桜人」「巣守」のように、『源氏』に材を取った一篇の擬古物語と呼ぶにふさわしいもので、積極的に本来の『源氏』を超えていく創作態度は、多くの『源氏』の模倣作品にも通じるものと思われます。

第二は「山路の露」「手枕」のように、『源氏』の不備不足を補う意味において増補されたもので、あくまでも『源氏』の構想圏内の創作であり、その点純粋な増補の巻と言いうるものです。

第三は、「雲隠六帖」「すもりの六帖」のような六帖物で、内容的には第二類に近いですが、何よりもその補作の目的が、天台三大部六十巻に擬して六十巻という形式的な所にある点、他とは異なるものです。

『源氏物語』は成立以来多くの読者に支えられて流布伝来して来ました。その中でも熱心な読者によって、かなり早い時期から、本来の『源氏物語』の不備不足を補ったり、積極的に物語の展開発展を考えて創作したりして来たわけです。言うなれば擬作の巻々は、どのような形であれ、そのような『源氏』を愛する読者たちの熱意の結晶ともいえるでしょう。

〔9〕……古物語の型と『源氏物語』

『源氏物語』は、言うまでもなく日本の誇る世界の古典として有名で、あまりにも孤高を絶していますので、ともすると物語史の中では特別に突然変異的に出た傑作と思われがちですが、決してそうではありません。多くの物語が世に出た古代物語史の中で、生まれるべくして生まれた大作であると考えるのが妥当だと思われます。

今改めて物語史の中に『源氏物語』を置いてみますと、『源氏物語』といえどもさまざまな形でそれまでの物語の影響を蒙っていることが知られます。

その一つとして、ここでは古物語の型に注目してみたいと思います。

(1) 蛍の光で美女を見る

『源氏物語』の第二十五巻「蛍」の巻に、次のような優雅な場面があります。

姫君は、東面にひき入りて大殿籠《おほとのごも》りにけるを、……すべり出でて、母屋《もや》の際《きは》なる御几帳《みきちやう》のもとに、かたはら臥したまへる。……寄りたまひて、御几帳の帷子《かたびら》を一重《ひとへ》うちかけたまふにあはせて、さと光るもの、紙燭《しそく》をさし出でたるかとあきれたり。蛍を薄きかたに、この夕つ方いと多く包みおきて、光を包み隠したまへりけるを、さりげなくとかくひきつくらふやうにて、にはかにかく掲焉《けちえん》に光れるに、あさましくて、扇をさし隠したまへるかたはら目、いとをかしげなり。（蛍）

玉鬘に思いを寄せている兵部卿の宮に、源氏が趣向をこらして、蛍の光で姫君の容姿を見せようとした場面です。

夕方、蛍を薄い帷子にたくさん包んでおいて、それを几帳の蔭にいる玉鬘に向かって急に放ったので、あたりは明るく照らされ、思わず扇で顔をかくした玉鬘の横顔がまことに美しい、とあります。思いがけず蛍の光でほのかですが玉鬘の容姿を見ることができた兵部卿の宮は、ますます恋心をつのらせます。このことから兵部卿の宮は蛍の宮と呼ばれるようになります。

このような、美女の姿を蛍の光で見るという優雅な場面について、さすが紫式部の女性らしい見事な趣向だと称賛する人も少なくないようですが、実はこのような美女を蛍の光で見るという趣向は『源氏物語』だけのものではありません。同様な趣向は『源氏』以前の男性の作である『うつほ物語』にもあるのです。

……仲忠の朝臣は、承りはべる心ありて、水のほとり草のわたりに歩きて、多くの蛍を捕らえて、朝服の袖に包みて持て参りて、暗き所に立ちて、この蛍を包みながらうそぶく時に、上いととく御覧じつけて、直衣の御袖に移し取りて、包み隠して持て寄りたまひて、尚侍《ないしのかみ》の候ひたまふ几帳の帷子《かたびら》をうちかけたまひて、ものなどのたまふに、かの尚侍のほど近きにこの蛍をさし寄せて、包みながらうそぶきたまへば、さる薄物の御直衣に、そこら包まれたれば残るところなく見ゆる時に、……　（内侍のかみ）

右は、仲忠の母の尚侍（俊蔭の娘）の美しい容姿を、想いを寄せている朱雀帝が蛍の光で見る場面で、美女を蛍の光で見るという趣向は『源氏物語』と同じです。そこで『源氏物語』はこの『うつほ物語』の趣向を模倣したものと言う人もいますが、それも当たってはいないようです。もう少し物語史に目を向けてみますと、何と『伊勢物語』にも蛍の光で女を見ようとした場面があるのです。

天の下の色好み源の至といふ人、これもの見るに、この車を女車と見て寄り来て、とかくなまめく間に、かの至、蛍をとりて女の車に入れたりけるを、車なりける人、「この蛍の灯す火にや見ゆらむ、灯し消ちなむずる」とて、乗れる男のよめる、……　（三十九段）

天下の色好み源至が蛍を女車の中に入れたという場面ですが、女車には他の男も同車していたのでしょうか、その男が歌を詠《よ》んでいます。場面も事情も大分違ってはいますが、とにかく蛍の光で女を見るという趣向は認めてもよいでしょう。

このように見て来ますと、蛍の光で女を見るという優雅な趣向は、決して紫式部の独創ではなく、『源氏物語』以前の僅かしか残っていない物語の中の『うつほ物語』や『伊勢物語』にも見出だされるのですから、これは単に前の趣向を模倣したと解するよりも、そのような優雅な趣向が、物語の一つの型となっていたものと考えるべきかと思われます。

『源氏物語』以前に世に出た物語は、現在その名が知られているものだけでも三十余りもあるのですから、それ以外の全く散佚してしまった物語も含めて多くの物語の中には、おそらくこのような趣向を用いた物語もいくつかはあったと思われます。AがBを模倣したと考えるよりも、同様な趣向が物語の型としてそれぞれの物語に応じて変化をもって取り入れられていると考える方が妥当ではないでしょうか。「蛍」の巻の美女を蛍で見るという優雅な趣向も、そのような物語の型の一つと認められるのです。

（2）美女をめぐる多くの男たち

『源氏物語』の「玉鬘」の巻から「真木柱」の巻までの十帖は、古来一括して「玉鬘十帖」と呼ばれている巻々です。その主要なテーマの一つは、新造の六条院に新しく迎え入れた美姫玉鬘をめぐって、多くの貴公子たちが思いを寄せるという求婚物語で、ことに「初音」の巻から「野分」の巻までは、源氏三十六歳の春から冬までの季節の推移とともに、玉鬘をめぐっての恋愛物語が展開していきます。

玉鬘に懸想する男君たちは、蛍兵部卿の宮、夕霧、柏木、鬚黒、左兵衛の督、それに養父の源氏までが加わって、大ぜいの人たちが登場します。

このような一人の女性を大ぜいの男たちが求める恋愛形式は、遡れば祭の夜などに多くの男女が集まり歌を詠《よ》み合う古代の歌垣《うたがき》の場に求められるかと思われますが、やがて自ずとその中の村《むら》長《おさ》の娘などに男たちが求婚する形となったものと思われます。

このような女一人に複数の男たちが求婚する恋愛物語は、現存最古の物語である『竹取物語』に見られます。

『竹取物語』は、竹中から生まれた美姫かくや姫が、石作《いしづくり》の皇子、車持《くらもち》の皇子、右大臣阿部御《み》主人《うし》、大納言大伴御行《みゆき》、中納言石上麿足《いそのかみまろたり》の五人の貴公子に求婚され、最後には帝《みかど》までが入内《じゅだい》を促しますが、そのいずれにも従わず昇天してしまうという物語ですが、ここにははっきりと美女一人に大ぜいの男たちが求婚するという、前の玉鬘の求婚物語と同じ形が認められます。

『源氏物語』以前の二十巻の長編『うつほ物語』は、秘琴伝授の物語とあて宮をめぐる求婚物語の二つが物語の主題と認められますが、その主題の一つであるあて宮求婚物語は、権勢家源正頼の九女あて宮という絶世の美女をめぐって、東宮をはじめ、兵部卿の宮、秘琴伝授の主人公藤原仲忠、その父の兼雅、紀伊吹上のご落胤源涼、平中納言正明、実兄の源仲澄、源実忠、良岑行政、源仲頼、学生藤原季英、それに上野の宮、三春高基、滋野真菅のいわゆる三奇人までも加わって、実に十数人の男たちが求婚者として登場するという、スケールの大きい恋愛物語です。その結末は、あて宮が東宮に入内して、懸想人たちはみな失恋の憂き目を見ることになりますが、この『竹取物語』のかくや姫と五人の貴公子を倍増したような規模の大きい『うつほ物語』のあて宮求婚物語も、美女一人に複数の男たちが求婚するという基本の形は同じで、このような形をもった恋愛物語は、散佚した多くの物語の中にも必ずや存在したものと考えられます。

したがってこのような恋愛物語の形も、古代物語の一つの型と認めてよいでしょう。前述の「玉鬘十帖」の玉鬘求婚物語にも、この型が認められるということです。

（3）貴公子の朗詠

『紫式部日記』寛弘五年七月頃の記事に、次のような興味深い場面があります。

しめやかなる夕暮に、宰相の君と二人物語してゐたるに、殿の三位の君、簾のつま引き開けてゐたまふ。年のほどよりはいとおとなしく心にくきさまして、「人はなほ心ばへこそ難きものなれ」など、世の物語しめじめとしておはするけはひ、をさなしと人のあなづりきこゆるこそ悪しけれと恥づかしげに見ゆ。うちとけぬほどにて、「おほかる野辺に」とうち誦《ず》じて立ちたまひしさまこそ、物語に褒めたるをとこの心地しはべりしか。

静かな夕暮れ、紫式部が親しい宰相の君と局で世間話をしていたところ、そこへ道長の長男頼通が来て、十七歳にしては大人ぶって女性の話などをして、あまり長居もせずに「多かる野辺に」と口ずさんで立ち去ったというのですが、この頼通の動作を式部は「物語に褒めたるをとこの心地しはべりしか」と記しています。つまりこの頼通がその場にふさわしい古歌を吟誦しながら去っていくさまを、物語に理想的に書かれた男のようだと見ているのです。

貴公子がその場にふさわしい古歌や詩の一句を吟誦する状景は、その若く美しい面ざし、優雅な立ち居振る舞い、美事な衣装、漂う芳香などに加えて、教養の高さと朗詠という声の美しさまでもが加わった、まさに視覚、嗅覚、聴覚の全てに理想的な姿態というべきでしょう。殿（道長）の若君（頼通）の目前の振る舞いが、まさにその理想的な貴公子の姿態だと見て、式部は思わず「物語に褒めたるをとこの心地」と賛美したのでした。

式部が理想的な男の姿態だとする貴公子の朗詠場面は、『源氏物語』には次のように描かれています。

白き御衣どもを着たまひて、花をまさぐりたまひつつ、友待つ雪のほのかに残れる上に、うち散り添ふ空をながめたまへり。鶯の若やかに近き紅梅の末にうち鳴きたるに、「袖こそ匂へ」と花をひき隠して御簾押しあけてながめたまへるさま、ゆめにもかかる人の親にて重き位と見えたまはず、若うなまめかしき御さまなり。（若菜上）

源氏が白いお召し物を着て梅の花をもてあそびながら雪の散らつく空をながめていると、鶯が近くの紅梅で鳴いたので、「折りつれば袖こそ匂へ梅の花ありとやここに鶯の鳴く」（古今集）の一句を吟誦し、花を隠して御簾を押し開けてながめている、その様子はゆめゆめ人の親であり、准太上天皇という重い位の人とは見えず、若々しく優美なお姿だ、と絶賛しています。

白き御衣、白梅、雪と、清浄な白を基調とした中に、ほのかに咲く紅梅に鳴く鶯、その機を逃さず古歌の一句を吟誦する源氏の優艶な姿は、まさに物語の男の理想像です。

大将、……少し端近く出でたまへるに、雪のやうやう積もるが星の光におぼおぼしきを、闇はあやなしとおぼゆる匂ひありさまにて、「衣片敷き今宵もや」とうち誦じたまへるも、は

かなきことを口ずさびにのたまへるも、あやしくあはれなる気色そへる人ざまにて、いとも の深げなり。（浮舟）

薫が積もった雪が星の光にぼんやりと見える中、「闇はあやなし」（闇は道理に合わない）の歌さながらに芳香を漂わせて、「衣片敷き今宵もや」と吟誦している様子を、不思議なほどにしみじみとした風情《ふぜい》が添った人柄で、まことに奥ゆかしい感じだと評しています。これも「物語に褒めたる男」のさまというべきでしょう。

月のいとはなやかにさし出でたるに、今宵は十五夜なりけりと思し出でて、殿上の御遊び恋しく、所々ながめたまふらむかしと思ひやりたまふにつけても、月の顔のみまもられたまふ。「二千里外故人の心」と誦《ず》じたまへる、例の涙もとどめられず。（須磨）

須磨の源氏が、十五夜の月を眺めて宮中の月の宴を思い出し、「二千里外故人の心」と吟誦し涙ぐむ場面です。『白氏文集』の月下に二千里の彼方の旧友を思う名句を口ずさみながら感慨に沈んでいる源氏の姿と心が、この名句の吟誦で一きわ浮かび上って来るといえるでしょう。

以上のほかにも『源氏物語』には、源氏や夕霧や薫などの貴公子が、漢詩や古歌の一句を朗詠したり吟誦したりする場面がしばしば見られますが、このように、顔立ちもよく優雅な衣装に芳香をたきしめた魅力的な姿に加えて、更に教養の高さと声のすばらしさを加えた理想的な貴公子像は、やはり「物語に褒めたる男」の典型として、物語の型と考えることができるでしょう。

（4）落魄の美女を訪ねる貴公子

「帚木」の巻の、いわゆる「雨夜の品定め」の中で、一座をリードしている左馬《さま》の頭《かみ》が、次のようなことを言っています。

さて世にありと人に知られず、寂しくあばれたらむ葎《むぐら》の門《かど》に、思ひの外にらうたげならむ人の閉ぢられたらむこそ、限りなくめづらしくはおぼえめ。いかではたかかりけむと、思ふより違へることなむ、あやしく心とまるわざなる。（帚木）

世間の人にも知られず寂しく荒れはてた家に、思いがけずかわいい女がいるのは、まことに心惹かれることだ、と言うのです。

この左馬の頭の言葉は、今まで高貴な女性ばかりに関心のあった源氏にとって予想もしないことで、以後の源氏の女への興味の対象は、上流以外の女性にも向けられるようになります。

源氏が夕顔のような五条の巷《ちまた》の女性に興味を抱いたのも、

かの下《しも》が下と人の思ひ捨てし住まひなれど、その下にも思ひの外に口惜しからぬを見つけたらば、とめづらかに思ほすなりけり。（夕顔）

とありますように、下の階級と人が思い捨てたような住まいの中にも、予想外によい女性を見つけたらば、と思ってのことでした。

また、末摘花を訪れた折にも、

昔物語にもあはれなることどもありけれなど思ひ続けても、ものや言ひ寄らましと思せど……（末摘花）

というように、故常陸の宮の姫君が侘び住まいをしていると聞いて、昔物語の同じような例を思い出して興味を覚えたのでした。

また、「橋姫」の巻で、薫が宇治の大君《おおいきみ》・中の君姉妹のくつろいだ姿を初めて垣間《かいま》見た場面は、次のように記されています。

あなたに通ふべかめる透垣《すいがい》の戸を少し押し開けて見たまへば、月をかしきほどに霧り渡れるをながめつつ、簾《すだれ》を短く巻き上げて人々ゐたり。……内なる人、一人は柱に少しゐ隠れて、琵琶《びわ》を前に置きて撥《ばち》を手《た》まさぐりにしつつゐたるに、雲隠れたりつる月のにはかにいと明《あ》かくさし出でたれば、「扇ならでこれしても月は招きつべかりけり」とて、さしのぞきたる顔、いみじくらうたげににほやかなるべし。添ひ臥したる人は、琴の上に傾きかかりて、「入日を返す撥こそありけれ。さま異にも思ひ及びたまふ御心かな」とてうち笑ひたるけはひ、いま少し重りかによしづきたり。「及ばずともこれも月に離るるものかは」など、はかなきことをうちとけのたまひかはしたるけはひども、さらによそに思ひやりしには似ず、いとあはれになつかしうをかし。昔物語などに語り伝へて若き女房などの読むをも聞くに、かならずかやうのことを言ひたる、さしもあらざりけむと憎く推しはからるるを、げにあはれなるものの隈ありぬべき世なりけりと心移りぬべし。（橋姫）

父の八の宮が山寺に籠っている間、宇治の山荘では姉妹の姫君がくつろいで琵琶や琴を弾いていました。その音に誘われて薫がその様子を覗き見た場面です。霧がかった月が明るく出たのを、扇でなくて琵琶の撥で月を招くことができたと言う中の君に、入日を返す撥は聞いたことがあるけれど、月を招くなど風変わりなことを思われたのですね、と姉妹はたわいもない会話を交わしています。その様子を垣間見た薫は、よそながら予想していたのとは違って、実にしみじみと親しみを感じて興をそそられます。そして今まで昔物語を若い女房などが読むのを聞いていると、必ず荒れた宿に美しい姫君がいるというような話が出てくるのを、そんなことはあるまいと反撥していたのだが、本当にそのようなしみじみとした人目につかないことがありうる世の中だったのだと、改めて思ったのでした。

ここでは、昔物語によく出て来る荒れた宿に美しい姫君がいるという話を、薫が一度否定した上で、改めて今垣間見《かいま》見ている現実の光景がまさにその通りだ、と肯定した形になっており、結果として現実を強調しています。昔物語に語られた通りの物語の型を目前に見た薫の感動は、「心移りぬべし」とあるように、やがてこの宇治の姫君たちに心惹かれることになるのです。

以上のように、荒廃した住まいに美しい女性が落魄の生活を送っており、そこに偶然貴公子が訪れたり垣間見たりするという話型は、『源氏物語』だけではなく、例えば『うつほ物語』「俊蔭」の巻にも、時の太政大臣の四男若小君が、父母に死別して零落した俊蔭の娘の侘び住まいを訪れる場面などに見られますので、古物語の型として認めてよいと思われます。

以上、『源氏物語』に見られる幾つかの物語の型と思われるものを指摘しました。

『源氏物語』の作者は、ほかならぬ熱心な物語読者でもあったでしょうから、自らの物語の執筆に当たっては、それらの古物語によく用いられている場面を、効果的に取り入れたものと思われます。しかも「橋姫」の巻で薫が宇治の姉妹を垣間見《かいま》た場面のように、落魄の美女を訪れる貴公子という典型的な古物語の型に依りながらも、それをそのまま用いず、それを一度否定した上で肯定するという手法で、その型をより有効に用いているなど、この作者特有の工夫も見られて興味深いことです。

なお、物語の型を話題にする場合、当然のことながら古来指摘されている説話の型、例えば末子繁栄譚（兄弟の中で末子が栄えるという型）、継母継子譚（継子いじめの型）、神仏霊験譚（神仏の霊験で願いが叶うという型）などにも言及すべきかと思われますが、それらについては又の機会に考えてみたいと思います。

〔10〕……古物語の合成発展——短編から長編へ——

（1）「芹川」と「遠君」

『源氏物語』の「蜻蛉」の巻に、次のような一文があります。

あまたをかしき絵ども多く、大宮も奉らせたまへり。大将殿、うちまさりてをかしきども集めて、まゐらせたまふ。芹川の大将のとほ君の女一の宮思ひかけたる秋の夕暮に、思ひわびて出でて行きたる絵《かた》をかしう描きたるを、いとよく思ひ寄せらるるかし。かばかり思しなびく人のあらましかばと思ふ身ぞ口惜しき。

女一の宮を密かに思慕している薫が、明石の中宮が見所のある絵をたくさん女一の宮にさし上げたと聞いて、それ以上に趣向のある絵を集めて献上した中に、「芹川の大将のとほ君の女一の宮思ひかけたる秋の夕暮」に思い悩んで出て行くという絵を、情趣豊かに描いてあるのを、全く自分のことのように思われる、これほどまでに思いを寄せる人がいたらと、物語の絵に比べて自分のふがいなさを感じているところです。

ところで、この一文の中の「芹川の大将のとほ君の女一の宮思ひかけたる」の部分は、もし読点「、」を打つとしたら、どこに付けたらよいでしょうか。

試みに手近のテキストや注釈書を見てみますと、すべて「芹川の大将のとほ君の、女一の宮思ひかけたる」としています。

新編日本古典文学全集（小学館）
新潮日本古典集成（新潮社）
新日本古典文学大系（岩波書店）
源氏物語全注釈（角川書店）など。

つまり、芹川の大将という物語の中のとほ君が、女一の宮を思いかけたと読んで、「とほ君（遠君）は主人公芹川の大将の幼名で、この絵は女一の宮に恋する遠君が思い余って女君を訪れる秋の夕暮の場面を描いたもの」と解しています。

このような解釈は、決して近代の注釈書ばかりではなく、実は古注と呼ばれる古い時代の注釈書もそのように考えているらしいのです。

例えば、南北朝頃の成立とされる四辻善成《よつじよしなり》の『河海抄《かかいしょう》』のこの部分の注には、

行成卿自筆本を見侍しかば、せり川の中将とあり、恵心僧都の勧女往生文といふ物に、いまめきの中将、長井の侍従、伏見の翁などいふ古物語ありといへり。是皆今の世に不伝、此せり川の中将さやうのたぐひ歟

とあって、「せり川の中将」を古物語の名としています。他の古注書にも、

○せりかはの大将のとほきみの　古物語。（素寂『紫明抄』永仁二年〈一二九〇〉以前成立）
○せり川の大しやう　むかし物かたりの事也。（一条兼良『源氏和秘抄』宝徳四年〈一四四九〉成立）
○せり川の大将　古物語なるべし。（里村紹巴『紹巴抄』永禄八年〈一五六五〉成立）

などとあり、室町時代の三条西源氏を代表する『細流抄《さいりゅうしょう》』にも、

○せりかはの大将　此物語いまの世につたはらざる也。

とあって、「せり川の大将」を物語名としています。興味深いのは室町末期の古注集成『岷江入《みんごうにっ》楚《そ》』に、連歌師牡丹花肖柏《ぼたんかしょうはく》の『弄花抄《ろうかしょう》』を引いて、

遠君十君、いつれにても大将の息とみゆ。

とあり、遠君（十君）を芹川の大将の子息と考えていることです。

このように見て来ますと、「芹川の大将の遠君の」の部分は、古くから権威ある『源氏』の古注書も例外なく「芹川の大将」を物語名と考えて、「芹川の大将物語の子息の遠君が」という意味に解していたことが分かります。前掲の近代の注釈書がすべてこれと同様に理解しているのも、当然のことなのでした。

ところで、菅原孝標《すがわらたかすえ》の娘の『更級日記《さらしなにっき》』を見ますと、物語好きの作者が『源氏物語』の一部を見て続きを見たいと思っていた頃、地方から上京して来た伯母に会いに行ったところ、帰りがけに何と『源氏物語』五十四帖を箱入りのまま贈られて、実に嬉しかったということが記されています。

源氏の五十余巻櫃《ひつ》に入りながら、ざい中将、とほぎみ、せり川、しらら、あさうづなどいふ物語ども一袋とり入れて、得て帰る心地の嬉しさぞいみじきや。

右によりますと、この時箱入りの源氏五十四帖と共に、ざい中将・とほぎみ・せり川・しらら・あさうづ、などという物語を一袋に入れてもらって来たとあります。「ざい中将」は「在五中将」つまり『伊勢物語』と考えられますが、その他の物語は散佚して分かりません。ただこれらの物語は、「一袋とり入れて」とありますので、いずれも短編物語であったと考えてよいでしょう。しかもこの中に「とほぎみ」「せり川」という物語名が見えることは看過できません。

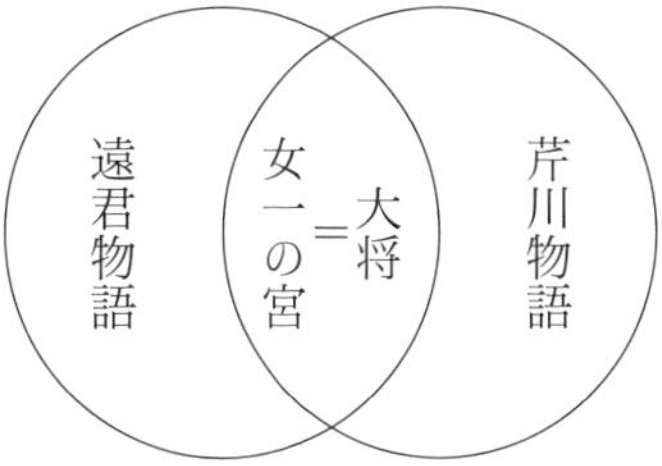

つまり「とほぎみ」も「せり川」も、それぞれ別個の短編物語であったと考えられるのです。

そうしますと、前掲の「蜻蛉」の巻の一文「せり川の大将のとほ君の女一の宮思ひかけたる」は、「せり川の大将の」で切って、芹川物語の主人公の大将が、遠君物語の女一の宮に思いをかけた、と読むべきものと考えられます。

これは一体どういうことなのでしょうか。別個の二つの物語の、一方の男主人公と他方の女主人公が恋をしたというのですから、この二つの物語はここで合体合成しているということになります（図参照）。
この別個の物語の合成という、物語史上全く予想もつかない現象について、もう少し別な資料から見ていきましょう。

（2）「交野の少将」「隠蓑」「狛野の物語」

『源氏物語』当時、最も流行していた物語の一つに「交野の少将」という物語があります。現在は伝わっていない散佚物語ですが、『源氏物語』の「帚木」の巻の冒頭に、次のようにその名が見えています。

光源氏名のみことごとしう言ひ消たれたまふ咎多かなるに、……さるはいといたく世を憚りまめだちたまひけるほどに、なよびかにをかしきことはなくて、交野の少将には笑はれたまひけむかし。

光源氏などと名だけは仰山だけれど、世間に気兼ねして真面目ぶっていらしたので、あの色好みで有名な交野の少将には笑われなさったことだろう、とあります。当時流行の交野の少将物語の主人公に笑われそうだと言いながら、光源氏の物語を書こうというのですから、作者の交野の少将への並々ならぬ対抗心が読みとれるでしょう。
『源氏物語』にはもう一ヶ所、「野分」の巻に、

吹き乱りたる刈萱《かるかや》につけたまへれば、人々「交野の少将は紙の色にこそ整へはべりけれ」と聞こゆ。

と見えています。夕霧が妻の雲居の雁に手紙を書いて萱草《かや》に付けたのを見て、女房たちが交野の少将は紙の色と植物をうまく揃えたものですよ、と言っています。

『源氏物語』以前に成立した継子いじめの物語『落窪物語』にも、四ヶ所に交野の少将物語のことが見えていますが、中でも次の一文は、主人公の交野の少将の性格をよく表わしています。

交野の少将をかたちよしとほめ聞かせ奉りつるこそ見まうくなりぬれ。……文《ふみ》だに持て来そめなば限りぞ。彼はいと怪しき人の癖にて、文一くだりやりつるがはづるるやうなければ、人の妻《め》帝の妻も持たるぞかし。……京のうちに女といふ限りは、交野の少将めで惑はぬはなきこそうらやましけれ。

容貌はもちろんすばらしく、女が手紙をもらったらもうそれまでで、たった一行の手紙で女の心を射とめてしまう、その結果他人の妻でも帝の后妃でも自分のものとしている、とにかく京中の女が交野の少将に憧れ、熱狂しない者はいない、というのです。前掲の「野分」の巻の引用と合わせますと、交野の少将という好色漢は、手紙の紙の色とそれに付ける植物とのコーディネートが抜群に上手で、京中の女を熱狂させていたようです。清少納言の『枕草子』の「物語は」の段にも、交野の少将はあがっていますので、『源氏』以前からかなり評判の物語であったことが分かります。

隠蓑物語も『源氏物語』以前の古物語と思われますが、これも現在伝わっておりません。その題名からは、古代説話の隠蓑隠笠説話を基とした物語らしいという見当がつきます。隠蓑隠笠とは、それを着たりかぶったりすると身体が見えなくなってしまうというもので、色好みの男が忍んで女を垣間見《かいまみ》する時などには、絶好の小道具になりそうです。

鎌倉初期の成立と言われる『無名草子《むみようぞうし》』は、『源氏』を始め多くの物語を批評していますが、その中に「隠蓑」についても次のように言及しています。

「隠蓑」こそ珍らしきことにとりかかりて見所ありぬべきものの、余りにさらでもありぬべきこと多く、言葉遣ひいたく古めかしく、歌などのわろければにや、……

「隠蓑」は珍しい材料を取り入れて見ごたえがあるはずだが、余りにもそんな事はあるまいと思われる話が多く、言葉遣いもひどく古めかしく歌なども良くない、と厳しい批評をしています。色好みの貴公子が隠蓑に身をかくしてさまざまな事件を起こす恋物語が、余りに荒唐無稽だと批判したものと思われます。

しかし文永八年（一二七一）編纂の物語中の歌を集めた『風葉集』には、「隠蓑」の歌が十一首も収載されており、『狭衣物語《さごろもものがたり》』『宝物集《ほうぶつしゅう》』『平家公達草紙《へいけきんだちそうし》』などにもその名が見えていますので、よく読まれた物語だったのでしょう。主人公の官位も、少将・中将・中納言・左大将と昇進していますので、相当の分量もあった物語のようです。

『狛野の物語』も『源氏物語』以前から流行していた物語で、『源氏』の「蛍」の巻には、

狛野の物語の絵にてあるを、いとよく描きたる絵かなとて御覧ず。小さき女君の何心もなくて昼寝したまへる所を、昔の有様思ひ出でて女君は見たまふ。

とあって、紫の上が狛野の物語の中の小さい姫君が昼寝をしている絵を見て、昔を思い出している所があります。『枕草子』にも、

狛野の物語は何ばかりをかしきこともなく、詞も古めきて見所多からねど、月に昔を思ひ出でて虫ばみたるかはほり取り出でて、もと見し駒にと言ひて訪ねたるがあはれなるなり。

と、具体的な状景を伝えています。この物語も短編ではないようで、『源氏』の注釈書の『花鳥余情』には、「こまのの物語の四の巻に、しめのほかといふ詞あり」（賢木）という注が見えていますので、少なくとも四巻はあったことが分かります。『花鳥余情』の著者一条兼良がもしこの物語を実際に見ていたとすれば、室町中期の文明頃にはまだ実在していたことになります。

以上、『源氏物語』以前に流行していたと思われる散佚物語『交野の少将』『隠蓑』『狛野の物語』についての概略を述べてみましたが、これらの資料によれば、もちろんそれぞれの物語は単独でもてはやされていた著名な物語であったことが分かります。

ところが、驚くべきことに、これらの著名な三物語が、お互いに関係があるらしいことを伝える資料があるのです。次にその資料をご紹介しましょう。

（3）三物語の合成

岡山のノートルダム清心女子大学に黒川文庫という古典籍の宝庫があり、そこに『光源氏物語抄』と題する五冊の『源氏物語』の注釈書が所蔵されています。この書は江戸初期の寛永頃の写本ですが、成立は鎌倉中期にも遡るかと思われる古注釈書で、『源氏』の注釈書の中でも貴重なものと考えられます。その第一冊の「帚木」の巻に、次のような記述が見られるのです。

○かたのゝ少将はかくれみのゝ中将のあに也但かくれみのは中将の時にあらはかくれみのゝ東宮亮といはれし人也こまのゝ物語のはじめの巻也かたのゝ少将も中将の時の事なれとも物語のやうみなかやうにとりなしてかけりかた野は少将の時もありとみゆる所は侍也

○こまのゝ物語にかくれみのゝ中将のあにゝ少将とてよろつの所へふみやるすき人有この少将みなせニかよふ由見えたりさてかたのゝ少将とつけて侍にや

新しい資料ですのでまだ十分に読み切れておらず、不明な部分も多いのですが、これは一体どういうことなのでしょうか。前の一文によれば、交野の少将は隠蓑の中将の兄であるとあります。しかも狛野の物語の初めの巻とも記しています。後の文章には、狛野の物語に隠蓑の中将の兄で交野の少将というういろいろな所へ手紙をやる好き人がいる、とあります。

この資料には、更に「其詞云」として三丁分三十二行に亙り、他ならぬ交野の少将物語の本文を引いており、これらの散佚物語の記事としてまことに貴重なものですが、不明な部分も多く、今後の一層の解読が期待される資料です。

前掲の二つの文章も、分からない所も少なくありませんが、交野の少将と隠蓑の中将が兄弟で、狛野の物語の初巻にこの兄弟の事が書かれていたということははっきりと読みとれるでしょう。

そうしますと、今まで『源氏物語』以前に盛行していた三つの著名な物語「交野の少将」「隠蓑」「狛野の物語」が、ここでは合体しているということになります。資料が『源氏』の古注釈書ですので、信憑性を疑う人もいますが、前に「芹川」「遠君」の合体現象を確認していますので、この三物語の合体合成を伝える資料も信じてよいと思われます。

もちろん、それぞれの物語が単独で読まれて伝来したことも明らかですが、このような物語の合体合成の現象がもしも物語史の中で行なわれていたのならば、それは一体何を示唆するのでしょうか。私はそれは長編物語の成立過程に何らかのヒントを与えるものではないかと考えています。

（4）長編物語の成立過程

『源氏物語』以前の長編物語『うつほ物語』の初めの三巻は、それぞれ次のように書き出されています。

○むかし、式部の大輔左大弁かけて清原の大君ありけり。（俊蔭）

○むかし、藤原の君と聞こゆる一世の源氏おはしましけり。（藤原の君）
○かくてまた嵯峨の御時に、源忠経と聞こゆる左大臣おはしけり。（忠こそ）

『うつほ物語』の首巻とされる「俊蔭」の巻は、『源氏物語』の「絵合」の巻に、飛鳥部常則《あすかべつねのり》の絵、小野道風《おののみちかぜ》の詞書という見事な「うつほの俊蔭」の絵巻が出されていますので、常則・道風による絵巻制作の可能な村上帝の天暦時代には、すでに秘琴伝授をテーマとした「俊蔭」の巻は成立していたと考えられます。一方あて宮求婚物語をテーマとする「藤原の君」の巻は、多くの求婚者たちの相聞歌を連ねて展開されており、「俊蔭」の巻とは主題も方法も異なった物語です。三巻目の「忠こそ」の巻も、主題は継子いじめによる忠こその出家遁世の物語で、前二巻とは主題が全く異なっています。しかもこの三巻の冒頭は、前掲のように「むかし」「嵯峨の御時」と、それぞれが時代を設定しているのです。『うつほ物語』という物語の冒頭に「むかし」と物語の時代を一度設定すれば、第二巻も第三巻も「むかし」の物語であるはずです。それなのに第二巻第三巻にも改めて時代を示しているのは、これらの三巻が、もとはそれぞれ別個の物語として始発した名残りをとどめているものと考えられます。

ところが秘琴伝授を主題とする「俊蔭」の巻の末尾に「藤原の君」の巻の主要人物である源正頼が登場し、一方「藤原の君」の巻では、あて宮の求婚者の一人として「俊蔭」の巻の主要人物の藤原兼雅《かねまさ》が加わって来ます。このような方法で両巻の物語世界は合成しているのです。

更に物語が進みますと、「俊蔭」の巻の主人公仲忠も「嵯峨の院」の巻であて宮の求婚者に加わり、「春日詣」の巻では「忠こそ」の巻で出家遁世したはずの忠こそまでが、あて宮の求婚者として登場して来ます。それ以後も、紀伊吹上のご落胤源涼の物語や、貧窮の学生藤英の出世物語なども、それぞれの主要人物があて宮の懸想人に加わることで、あて宮求婚物語は支流を集めた大河のように、次第に増大発展して行きます。後半の立太子争いを扱った「国譲」の巻も、『枕草子』の「物語は」の段に「国ゆづりはにくし」と特に批評していますので、独立性が強く単独で読まれていたのかも知れません。それを『うつほ物語』の世界に取り込んだと考えることも可能でしょう。

このような長編物語の生成過程における物語の合成発展の方法は、同じ長編物語の『源氏物語』にも用いられているのではないでしょうか。

『源氏物語』は、さすがに『うつほ物語』のようなあらわな合成の痕跡は残していませんが、「空蟬」「夕顔」「末摘花」などの初期の巻々は、やはり光源氏を軸としてそれぞれの女の物語をつむいでいるように思われます。「帚木」三帖は首尾に呼応した言辞があって、三巻読切り的な様相を呈していますし、「末摘花」の巻も一編の烏滸《おこ》物語として独立性の強い巻です。これらはやはり物語の合成による短編から長編への過程を示唆するものではないでしょうか。

今後の物語研究は、現存物語のみならず、その周辺に量産された多くの散佚物語群の検討や、物語相互の合体合成という予想外の新たな現象も視野に入れて、一層の考察を加える必要があると考えます。

［注］
『光源氏物語抄』の影印と翻刻は、左記の書にあります。
　ノートルダム清心女子大学古典叢書『紫明抄』五冊（福武書店刊）
『源氏物語古註釈叢刊』第一巻　栗山元子翻刻・解説（武蔵野書院刊）

紫式部年表

天皇	年号	西暦	紫式部推定年齢	事項	参考事項
円融	天禄元	九七〇		父藤原為時、藤原為信女と結婚	
	〃二	九七一		姉（長女）誕生。	
	天延元	九七三	一歳	紫式部（次女）誕生。	天禄元年（九七〇）、天元元年（九七八）誕生とする説もある。
	〃二	九七四	二歳	弟惟規《のぶのり》（長男）誕生。この年に母為信女没か。	
	〃三	九七五	三歳	異母妹（三女）誕生。	この頃、道綱母の『蜻蛉日記』成るか。
	貞元元	九七六	四歳	異母弟惟通《のぶみち》誕生。	
	〃二	九七七	五歳	三月、父為時、東宮読書始めの儀に副侍読をつとめる。	十一月、太政大臣兼通没。
	天元元	九七八	六歳		八月、兼家女詮子入内。十月、兼家右大臣に任ず。
	〃三	九八〇	八歳	異母弟定暹《じょうせん》（三男）誕生。この頃、父為時、弟惟規に漢籍を教え、紫式部が男でないことを慨嘆する。	

	〃四	九八一	九歳		九月、為時の師、菅原文時没。
	〃五	九八二	一〇歳	藤原宣孝《のぶたか》、蔵人左衛門尉に任ず。	十二月、源高明没。
花山	永観二	九八四	一二歳	十月、為時式部丞に任じ、蔵人に補される（小右記）。	八月、円融天皇譲位。十月、花山天皇即位。
	寛和元	九八五	一三歳	春、為時、道兼邸の残菊の宴に歌を作る。七月十八日、宣孝壬生社に使して失策し、殿上の簡を削らる。十月、為時、大嘗会の御禊に宣孝らと奉仕する。	四月、源信『往生要集』を撰す。
一条	寛和二	九八六	一四歳	二月、為時、式部大丞に任ず（小右記）。春、為時、具平親王邸に、惟成・保胤らと宴を賜う。六月、為時、官を退く。	六月、花山天皇出家、退位。七月、一条天皇即位。
	永延元	九八七	一五歳	一月八日、外祖父為信出家。	
	〃二	九八八	一六歳		十二月、道長長女彰子誕生。
	正暦元	九九〇	一八歳	三月、宣孝御嶽詣で。八月三十日、宣孝筑前守に任ず。	五月、道隆、摂政関白となる。七月、兼家没（六十二歳）。十月、定子中宮となる。
	〃二	九九一	一九歳		二月、円融院崩御。

〃三	九九二	二〇歳	この頃、一時具平親王家に出仕したか(中宮出仕以前に宮仕えを認めない説もある)。	
〃四	九九三	二一歳	一月、為時、宮中の詩宴に侍る(日本紀略)。	冬、清少納言、中宮定子のもとへ出仕。
〃五	九九四	二二歳	この頃、恋愛または結婚に失敗した経験を持つか(恋愛・結婚の失敗の経験を認めない説もある)。	
長徳元	九九五	二三歳	春、宣孝帰京。秋ごろ、ある男、方違えのために式部の家に滞在(この男を宣孝とする説もある)。この年、姉(長姉)夭折か。	四月、関白道隆没(四十三歳)。五月、関白道兼没(三十五歳)。道長内覧の宣旨を賜わる。道綱母没。
〃二	九九六	二四歳	一月、為時、越前守に任ず。秋赴任。式部父とともに下向。	四月、内大臣伊周、中納言隆家左遷。道長、左大臣となる。
〃三	九九七	二五歳	宣孝、紫式部に求婚。	四月、伊周、隆家召還。
〃四	九九八	二六歳	一月、宣孝、右衛門権佐に任ず。春ごろ、式部、越前より帰京。四月、宣孝、賀茂祭の舞人をつとめる。この頃、宣孝、再度求婚。八月、宣孝、山城守を兼任。	この年、疱瘡流行。

長保元	九九九	二七歳	一月、宣孝（四十七歳）と結婚。十一月十一日、宣孝、神楽人長をつとめる。十一月末、宣孝、宇佐使となって西下。	十一月、道長の長女彰子入内（十二歳）。一条天皇第一皇子敦康親王誕生（母定子）。
〃二	一〇〇〇	二八歳	二月、宣孝、西国より帰京。この年長女賢子誕生。このころ、『源氏物語』の原初の巻々執筆開始か。	二月、定子皇后、彰子中宮となる。十二月、皇后定子崩御（二十五歳）。
〃三	一〇〇一	二九歳	春、為時帰京。四月二十五日、宣孝没。式部一年の喪に服す。十月、為時、東三条院詮子の四十賀に屏風歌を奉る。	十二月、東三条院詮子崩御（四十歳）。
〃四	一〇〇二	三〇歳	一月、求婚する者あり。十月、定暹、詮子追善の法華八講に奉仕する。	六月、為尊親王没（二十六歳）。
〃五	一〇〇三	三一歳	五月、為時、御堂七番歌会に出席。このころ、道長より娘の出仕を懇望される。	『和泉式部日記』の記事、この年四月より始まる。
寛弘元	一〇〇四	三二歳	十二月二十九日の夜、中宮彰子のもとへ出仕（寛弘二年、三年とする説もある）。	『和泉式部日記』の記事、この年の一月で終わる。
〃二	一〇〇五	三三歳	この頃、出仕も里居がち。『源氏物語』の執筆に専念か。	三月、平惟沖没（六十二歳）。十一月、道長四十賀。

〃三	一〇〇六	三四歳		七月、道長法性寺の五大堂建立。
〃四	一〇〇七	三五歳	一月十三日、兵部丞惟規、蔵人に任ず（御堂関白記）。夏ごろより、中宮に「白氏文集」の「楽府」二巻を進講す。	十月、敦道親王没（二十七歳）。
〃五	一〇〇八	三六歳	三月十四日、為時、正四位下蔵人左少弁となる（権記）。このころ「源氏物語」の一部成る。四月十三日、中宮、土御門邸に退出。このころ、道長の召人となるか。四月二十三日、土御門邸法華三十講開始。五月五日、法華三十講、五巻日が奇しくも五月五日に当る。詠歌あり。五月二十二日、土御門邸法華三十講結願。六月二十四日、中宮、内裏へ還啓。七月十六日、中宮再び土御門邸へ退出。現存「紫式部日記」このころからの記事あり。七月二十日、中宮御産のための修善あり。このころ、道長、女郎花を式部に与え歌を贈答する。七月末、播磨守、碁の負態をする（播磨守は、藤原行成、藤原有国、平生昌などの説がある）。	

〃五	一〇〇八	三六歳	八月十六日、中宮、薫物を調合される。同日、弁の宰相の君の昼寝姿の美しさに思わず声をかける。九月九日、倫子より菊のきせ綿を贈られる。九月十一日、敦成親王（後一条天皇）誕生。三・五・七・九夜の産養催さる。十月十六日、天皇、土御門邸行幸。十月十七日、若宮、初剃、職司定め。十一月一日、御五十日の祝宴。公任「若紫やさぶらふ」と紫式部に戯れる。十一月十日ごろ『源氏物語』の冊子作りをする。十一月十七日、中宮、若宮、内裏還啓。馬の中将と同車して御供をする。十一月二十日、五節の舞姫を見物する。十一月二十八日、賀茂臨時祭。十二月中旬、退出。十二月二十日、敦成親王百日の祝宴。十二月二十九日、中宮のもとに帰参。初宮仕えの回想にふける。十二月三十日、追儺。内裏に引はぎ事件あり。
			一月三日、若宮戴餅の儀。三月四日、為時、左少弁に任ず。夏ごろ、道長と歌を贈答する。道長、夜、式部の局の戸を叩く（寛弘五年の記事の竄入か）。

天皇	年号	西暦	年齢	事項	関連事項
	寛弘六	一〇〇九	三七歳	六月十九日、中宮再度の懐妊で土御門邸へ退出。七月七日、為時、庚申作文序を作る。某月十一日、中宮、土御門邸内の御堂へ詣でる（寛弘五年五月の記事の竄入か。寛弘六年六月二十一日、九月十一日のこととする説もある）。十一月二十五日、敦良親王（後朱雀天皇）誕生。	二月、中宮、若宮の呪詛事件発覚する。伊周朝参停止。初夏、和泉式部、中宮彰子に出仕。七月、具平親王没（四十六歳）。
	寛弘七	一〇一〇	三八歳	一月十五日、敦良親王、御五十日の祝宴。現存「紫式部日記」一月十五日までの記事で終わる。夏ごろ、「紫式部日記」執筆編集。	
三条	寛弘八	一〇一一	三九歳	二月一日、為時、越後守に任ず。六月、天皇崩御に際し、和歌を奉る。秋、惟規、父の任地に赴き没す。	六月、一条天皇譲位、崩御（三十二歳）。十月、三条天皇即位。
	長和元	一〇一二	四〇歳	二月十四日、中宮彰子皇太后となる。式部引続き皇太后女房として出仕。五月、彰子、枇杷殿に一条院追善八講を催す。	二月、妍子中宮となる。六月中旬、道長重病。
	長和二	一〇一三	四一歳	惟通、右衛門尉に任ず。この年前半、しばしば実資の彰子訪問の取次役をする（九月ごろ、式部は宮廷を去ったという説もある）。このころ、家集「紫	

長和二	一〇一三	四一歳	式部集」編集か。このころまでに「源氏物語」全編完成か。	この年、式部の親友小少将の君没。
長和三	一〇一四	四二歳	一月、越後の父に歌を贈る。一月下旬、彰子の病気のため、清水寺に参詣し、伊勢大輔に会う。二月ごろ、紫式部没す。六月十一日、為時、官を辞して帰京。	
長和四	一〇一五			十二月、道長五十賀。
長和五	一〇一六		四月二十六日、為時、三井寺で出家（小右記）。	一月、三条天皇譲位。道長摂政となる。二月、後一条天皇（敦成親王）即位。
寛仁元	一〇一七		このころ、娘賢子、彰子のもとへ出仕か。	五月、三条院崩御（四十二歳）。
〃二	一〇一八			一月、彰子太皇太后となる。
〃三	一〇一九		惟通、常陸介に任ず（紫式部の没年をこの年以降とする説もある）。	
〃四	一〇二〇		惟通没。	『更級日記』の記事、この頃より始まる。
治安元	一〇二一			十月、倫子出家。孝標女「源氏物語」五十四帖を入手する。

万寿三	一〇二六			一月、彰子落飾、上東門院と号す。
〃四	〃			十二月四日、道長没（六十二歳）。
長元二	一〇二九		為時没か。	

著者略歴

中野幸一（なかの・こういち）

早稲田大学名誉教授。文学博士。専攻は平安文学。2011年瑞宝中綬章受章。

主な編著書に『物語文学論攷』（教育出版センター、1971年）、『うつほ物語の研究』（武蔵野書院、1981年）、『奈良絵本絵巻集』全12巻別巻3巻（早稲田大学出版部、1987〜1989年）、『常用源氏物語要覧』（武蔵野書院、1995年）、『源氏物語古註釈叢刊』全十巻（武蔵野書院、1978〜2010年）、『フルカラー　見る・知る・読む　源氏物語』（勉誠出版、2013年）、『ちりめん本影印集成　日本昔噺輯篇』（共編、勉誠出版、2014年）、『正訳　源氏物語　本文対照』全十冊（勉誠出版、2015〜2017年）、『正訳　紫式部日記　本文対照』（勉誠出版、2018年）、『物語文学の諸相と展開』（勉誠出版、2021年）、『平安文学の饗宴』（編者、勉誠出版、2023年）などがある。

深《ふか》掘《ぼ》り！　紫《むらさき》式《しき》部《ぶ》と源《げん》氏《じ》物《もの》語《がたり》

著者　中野幸一

発行者　吉田祐輔

発行所　㈱勉誠社

〒101-0061 東京都千代田区神田三崎町二―一八―四

電話　〇三―五二一五―九〇二一㈹

二〇二三年四月二十八日　初版発行

印刷製本　三美印刷㈱

ISBN978-4-585-39010-7　C0095

平安文学の饗宴

様々な作品が相互に連関し、漢詩や和歌などにも多大な影響を与えてきた平安文学。変容を遂げ続ける平安文学の深く豊かな世界を解き明かす。

中野幸一 編・本体一五〇〇〇円（＋税）

平安文学の交響

享受・摂取・翻訳

幾多の作品が古注釈や絵巻でも表現され、流動し続ける平安文学の享受に焦点をあて、広く深い豊かな世界を知らしめる。斯学の研究に必備の一冊。

中野幸一 編・本体一五〇〇〇円（＋税）

物語文学の諸相と展開

『源氏物語』『うつほ物語』『堤中納言物語』などの物語史を検証。また、緻密な文章表現の分析により、物語世界に新たな解釈を提示する。

中野幸一 著・本体一二〇〇〇円（＋税）

九曜文庫蔵

源氏物語扇面画帖

九曜文庫の優品『源氏物語扇面画帖』（伝住吉如慶筆）をフルカラーで再現。絵と対に掲げられる優美な詞書の翻刻に加え、詳細な場面解説と各巻のあらすじを掲載。

中野幸一 編・本体一〇〇〇〇円（＋税）

石山寺蔵四百画面 源氏物語画帖

源氏物語の様々な場面を四百画面にわたり描く画帖。他の源氏物語絵巻や画帖には見られない希有な場面を多く含む。「源氏物語場面集」ともいい得る大作。

石山寺座主 鷲尾遍隆 監修／中野幸一 編・本体二五〇〇〇円（+税）

九曜文庫蔵 竹取物語絵巻

『竹取物語』の本文をそのまますべて収録。江戸時代以前に遡る写本のほとんど無いこの物語の本文資料として、貴重な価値を持つ稀覯本をフルカラーで影印。

中野幸一 監修／中野幸一・横溝博 共編・本体一五〇〇〇円（+税）

伴大納言絵巻 冷泉為恭 復元模写

復古大和絵派の絵師として、歴史画を得意とし、有職故実に詳しい為恭の模写を、フルカラーで影印。国宝絵巻の剝落欠損を復元しており、きわめて珍らしい絵巻。

中野幸一 編・本体八〇〇〇円（+税）

ちりめん本影印集成 日本昔噺輯篇

ちりめん紙に彩られた日本昔噺の世界を全編原色原寸で公開。8ヶ国語、計92種を集成した決定版。日本出版文化史・異文化交流史における重要資料。

中野幸一・榎本千賀 編・本体一〇〇〇〇〇円（+税）

源氏物語論
女房・書かれた言葉・引用

女房・書かれた言葉・引用から、『源氏物語』が織りなす言葉の世界の深みと拡がりの両面に踏み込み、語り・語り手・書き手などの特殊性・先駆性を明らかにする。

陣野英則 著・本体八〇〇〇円（+税）

王朝物語論考
物語文学の端境期

言語表現やプロット、絵画表現へも視角を広げ、相互に干渉し、響き合う物語相互の関係性を動態として捉え、新たな王朝文学史構築のための礎を築く画期的著作。

横溝博 著・本体一二〇〇〇円（+税）

源氏物語歌筐

和歌とともに、作中人物の重要な会話文や心内語（心中思惟）をも丹念に読み解き、臨場感あふれる魅力的な物語世界を感じることができる一冊。

伊東祐子 著・本体六五〇〇円（+税）

ひらかれる源氏物語

時代・ジャンルという既存の枠組みを越え、新たな読解の方法論・可能性を拓く。気鋭の研究者の視角から日本文学研究を啓発する野心的論集。

岡田貴憲・桜井宏徳・須藤圭 編・本体四六〇〇円（+税）